哲思凡语

陈书鸿 著

郑州大学出版社

图书在版编目(CIP)数据

哲思凡语／陈书鸿著. — 郑州：郑州大学出版社,2023.7
ISBN 978-7-5645-9298-1

Ⅰ. ①哲… Ⅱ. ①陈… Ⅲ. ①中国文学 – 当代文学 –
作品综合集 Ⅳ. ①I217.2

中国版本图书馆 CIP 数据核字(2022)第 235158 号

哲思凡语
ZHESI FANYU

策划编辑	刘金兰	封面设计	朱君楠
责任编辑	秦熹微　徐方方	版式设计	朱君楠
责任校对	胡倍阁	责任监制	李瑞卿

出版发行	郑州大学出版社(http://www.zzup.cn)
地　　址	郑州市大学路 40 号(450052)
出 版 人	孙保营
发行电话	0371-66966070
经　　销	全国新华书店
印　　刷	河南瑞之光印刷股份有限公司
开　　本	880 mm×1 230 mm　1 / 32
印　　张	8.5
字　　数	208 千字
版　　次	2023 年 7 月第 1 版
印　　次	2023 年 7 月第 1 次印刷

书　　号	ISBN 978-7-5645-9298-1	定　价	98.00 元

代序（一）

复杂经验的集中

艾略特曾认为诗歌应该表现复杂的经验："诗是很多经验的集中，由于这种集中而形成一件新东西，而对于经验丰富和活泼灵敏的人来说，这是一种并非自觉的或者经过深思熟虑所发生的集中。"阅读陈书鸿的这本《哲思凡语》，我同样有了这样的感觉。书中短小精悍的篇章虽然不是诗歌，但具有诗的思维，是日常生活经验的总结，是陈书鸿内心冰与火撕扯之后的思想升华。

英国哲学家弗朗西斯·培根的《培根随笔》是英国随笔文学的开山之作，其以简洁的语言、优美的文笔、透彻的说理、迭出的警句，在世界文学史上占据了重要的地位。培根从感官出发，独辟蹊径，用经验把握客观的物质世界，开辟一条理解人类复杂性的新路途。陈书鸿这本《哲思凡语》深得《培根随笔》的精髓。作者下笔时当行则行，当止而止，文风清新自然，如行云流水，决无拖沓冗赘之感。更重要的是，这本书的思想碎片是从生活中生长出来，是从信阳这片土地中生长出来的，它天生带有中国传统文化基因，比如《南华经》中的小故事，《山海经》中的《海外东经》和《大荒南经》，陈书鸿深知以小见大、以异见常的艺术手法。

据陈书鸿自己介绍，他一生中的大部分时间都奉献给了信阳这座城市。这是一座有着厚重文化的城市，作为三省通衢，是江淮河汉之间的战略要地，形成了独具特色的"豫风楚韵"。陈书鸿浸染其间，在一座山清水秀的小城观摩大千世界的芸芸众生，既有知识分子的担当，也有宽阔的胸怀。

在诸多随笔文章中，我独喜欢小文。什么是小文？小文篇幅虽短，但是思想却深，视野却广。陈书鸿的《哲思凡语》通篇都是小文，甚至大部分都是从生活的间隙中流淌出来的小溪流、小水渠，但是每条小溪流、小水渠都通往人性这个大海，其虽不如鲁迅的嬉笑怒骂，但也颇具特色，引人思考。

信阳在河南是一个文学大市，近年来，涌现了一批优秀的作家，如陈峻峰、田君、扶桑、陈宏伟、丁威、付炜等，在河南乃至全国都享有很高的声誉。信阳这座城市不仅是一个孕育作家的城市，还是一个孕育好作家的城市。现在这里又"跳"出来一个陈书鸿，他独辟蹊径，在随笔这个题材中突出重围，既丰富了信阳文坛，又创建了自己的文本标识度。他的文本独树一帜，是从他和世界的对话中产生的。这种对话既是陈书鸿和生活的这个城市的对话，也是陈书鸿与这个世界的混乱、无序所做的辩论。人生中无处不是辩论，和自己辩论、和妻儿辩论、和好友辩论、和社会上形形色色的人辩论，在辩论中清晰自己，清晰对方。陈书鸿就是在这样的辩论中，悟出了道理，并希望将这些道理、甚至是很多被人们长期忽略的常识告诉读者，让读者慢下来，品味人生的况味。

艺术的终点各有所归，哲学指出了世事的本质问题，可视为终点之一。哲学的文学化是考验作者功力的事情，是一种回归到感性的本质。陈书鸿的这本书想用文学化的语言探讨哲学问题，这是一种尝试，也是一种突破。用平视生活的心态对一些问题作出判断，这对作者心态提出了更高的要求。在一些问题上的看法看似没有特殊色彩、浓烈情绪，其实是几种特殊色彩构成了对峙性平衡，几种浓烈情绪完成了对冲性均势。这看似寻常，却是无限不寻常的化合。梅特林克曾说，寻常就是艺术的主要对象。陈书鸿将寻常作为作品的养料和养分，是值得肯定的。

　　我与陈书鸿虽未能谋面，但是所谓观其文，识其人，希望陈书鸿能够创作出更多精品，形成更多思想的涓涓细流。

　　是为序！

　　河南省作家协会副主席，河南省诗歌学会会长　张鲜明
　　2021 年 12 月

代序（二）

初读书鸿君《哲思凡语》，感到新颖别致。所谓哲思，就是精深敏捷的思虑。此语出自西晋文学家陆云《晋故豫章内史夏府君诔》："澄鉴博映，哲思惟文，沦心众妙，洞志灵源。"中国近代第一个真正意义上的记者黄远庸在其《政界内行记》一书中亦曾用"哲思"一词："唐氏每有要议，必就商与蔡宋二君，然蔡君雅有哲思，宋君稳健持正论。"书鸿君《哲思凡语》中的"哲思"，除具有上述意思外，明显还有哲学思考的含义。

提及哲学，使人往往和历史上的大智慧家，比如苏格拉底、柏拉图、康德等联系起来。人们普遍认为哲学的研究是高雅工作，平凡之人须仰视之。其实非然，因为哲学就在我们每个人身边。对我们普通人而言，更重要的是一种世界观、方法论，通俗地说就是为人之道，行事之法。换言之，生活、工作中处处都有哲学，只要你有兴趣并勤加思考，便可参与其中。当然，生活的哲学也不是轻而易举就可以学到的，需要去提炼，正像海水经过晒煮等过程才能形成盐那样，而不是像自然界中的景观那样一目了然。由是观之，书鸿君是领悟了其真谛的。

再读书鸿君《哲思凡语》，感到了禅宗与哲学。说起中国哲学，不能不提到禅宗。佛教与基督教、伊斯兰教并称世界三

1

大宗教，佛教至今影响着世界广大人口，对许多国家的哲学、文学和艺术等都产生过广泛的影响。

佛教发源于古印度，自东汉明帝永平十年（67年）传入中国，对于我国哲学、文学、艺术以及社会风俗都有相当影响。儒家、道家与佛教三家的思想文化作为中国传统文化的核心，长期影响着中华民族的精神世界。

佛教是人类历史上的重大社会现象，既是一种宗教信仰，也是一种文化意识形态。而融入了中华文化的佛教，其最具智慧的一面就是禅宗哲学。

书鸿君是用我们生活中熟知的事件，诠释着禅宗与哲学。

细读书鸿君《哲思凡语》，感到禅意浓浓。中国禅宗具有浓厚的文学性质。中国禅宗文献包含相当多的文学成分，禅宗的发展与文学有密切的关系，相互间产生过重大影响。禅的文学性质，早已为人所公认。禅在中国文学的内容与形式上都有独特的重要表现。特别是禅宗重实际与重独创的特点，恰好是文学创作的基本要求，用文字表达人的心性体现与理解，便具有文学创作的浓浓的意味，这也是禅与文学相通乃至相融的根本原因之所在。因此，不管是东晋以来文人名僧相互交流，还是中唐以后诗僧在社会上特别活跃，都佐证了"诗禅一致，等无差别"（清·王世祯《常经诗话》卷三）。以李白、杜甫、韩愈、柳宗元等为代表的唐代文人，大都在不同程度上从不同角度接受了禅宗的影响，则是不可否认的事实。

书鸿君《哲思凡语》以开悟、顿悟、渐悟三篇为编，是其禅思与文学完美结合的大胆实践。由此，可以清楚地看到作者潜心揭示的三大境界——

开悟明心。开悟，开通觉悟；开智悟理。明心，表明心迹，使人心思清明纯正，也就是摒弃一切杂念，细悟因杂念而迷失了的本性。换句话说，也指率真地表现心性，一言以蔽之。明心见性。

顿悟明志。顿悟，顿然领悟。顿悟也称灵感，这种灵感来自利用已有的知识，仿佛一道电光，使人豁然开朗。明志，表明心志；顿悟明智也可以理解为迅速地领悟要领，从而指导正确的实践而获得成就。因此，凡创造性思维都可以称之为顿悟。人的顿悟能力是普遍的、先天性的，即无师自通的。

渐悟明远。渐悟指渐次证悟真理。与顿悟相对，以佛教语而释，谓渐次修行，心明累尽，方能达到无我正觉境界。明远，清朗而旷远，透彻而深刻。简单来讲，就是由浅而深，由微而著，积德累功，才能达到渐高的境界。

综观书鸿君《哲思凡语》，囊括了道德哲学、价值哲学、政治哲学、法哲学诸多方面，涉及了自由、平等、正义、价值、责任等重大问题，用现实生活诠释行为哲学，令人豁然开朗。用哲学与禅宗揭示了开悟明心、顿悟明智、渐悟明远三大境界，令人耳目一新，遂有感而发并记之。

陈　民

2022 年 2 月

目录

开悟篇

顿悟篇

开　悟　篇

负重前行

2020 年 11 月 5 日

今天的事今天做，绝不能等到明天，因为到了明天，可能就会事过境迁。今天要面对的人也不能等到明天，因为到了明天，可能再也没有机会面对。世间的一切，错过了，不要奢望还会重来，失去了，才知道它如此珍贵。不要计较别人说什么，也不要问为什么，努力做好自己该做的就行了。春夏秋冬，朝去暮来，我们的一生要经历多少风雨？遭遇多少坎坷？我们都无法预测。不管是被命运赏识，还是被宿命湮没，只要经历过就是收获。流逝的光阴从我们身边碾过，世俗的偏见，物欲的躁动，追逐的劳累，取舍的烦忧，让我们像背着重重的行囊在路上行走！遇到的所有的灾难都要承受！因为我们只要活着，前边就有路，只要有路，我们就必须向前走！

相由心生

2020 年 11 月 13 日

一个人的相貌是心灵的写照。一个心地善良，有文化、有品位的人，相貌就会显得年轻。比如我们群里的这些同学，可以说都是靓女俊男。笑一笑十年少，欢喜开心的人也一定会越变越漂亮！一个人如果特别平易近人，见面后就会感觉特别亲切，特别温暖。小孩子之所以元气充沛，精力充足，最重要的是他们每天开开心心，无忧无虑地生活，把每一件事情都当作新鲜的，好玩的，不在乎得失利益，不在乎明天、后天会怎样。当我们彻底放下的时候，你会感到能量在自动向体内汇聚，身体得到迅速补充和调整。儿时的面相是爹妈给的，长大后的面相是自己修的。所以，一对有夫妻相的一定是恩爱夫妻！若五十岁后还有人夸你漂亮，那你一定是个心地善良而又乐于助人、天天微笑着面对生活的人！

窄可思纮

2020 年 11 月 16 日

许多人并不知道，我们有一种思维叫"窄门思维"。就是说我们做事总是习惯从简单的事情开始，由于容易，一定会有许多人都挤在这里，等于一开始就是激烈竞争，于是事情便越做越难！而有些人，却会选择从很难的事情入手，开始是"窄门"，看上去荆棘密布，披荆斩棘跨过去，路就会越走越宽。生活中我们常常会发现，街上每天都会有新店开张，每天也都有店铺转让。所以，我们不要去做谁都想做、谁都能做的事情。只有去挑战大部分人认为很有难度的事情，才能从中找到生存之路。这世上根本没有捷径，所有容易走的路，都是下坡路。如果你总是选最容易的路走，你最后会发现自己无路可走！

读书三舍

2020 年 11 月 19 日

一周前，我屋里"一把手"给我们远在郑州工作的儿子和儿媳寄去几本书要他们阅读，并对我说"读书和不读书，过的是不一样的人生"。如今与过去不同，电子版的书很多，我们完全可以随时读书。我们的一生，能读进去多少书，就能回馈多少好处。偶尔也会感觉读书无用，那并不是因为读书失去了意义和价值，而是因为我们读得不够耐心、不够诚恳！只要我们肯踏踏实实地去读书，即便是利用许多零碎和闲暇的时光，少点应酬，慢慢地我们就会发现，自己的天地正在变得越来越宽阔。读书是要坚持的，过去，我回去的再晚都要看半个小时的书的，可没能坚持，现在看来要形成一种习惯，要形成一种生活方式。是的，人生就是一场身体与灵魂的旅行，身体和灵魂总要有一个在路上！读书，是一种美好的缘分，就是自己与灵魂的遇见！因此，坚持读书我们就必定会有收获，我们的人生也会因为更有知识而精彩！

温暖自己

2020 年 11 月 22 日

早上起来，按照习惯做了几个养生运动小动作之后翻了翻日历，发现今日小雪。虽是小雪，可不是真的要下雪，而是农历二十四节气中的第二十个节气。小雪节气的到来，意味着天气会越来越冷、降水量开始增多。昨天河南北部已开始下雪了，东北及内蒙古等地早已是冰天雪地。天气预报说淮河流域明天开始出现雨雪天气。不管下不下雪，我们都要让美好的心情如雪花般漫舞在自己身旁，让快乐的微笑，如雪花般跳跃在自己脸上！春生夏长，秋收冬藏，这是自然界的规律，也是我们人生的定律！人生快乐不快乐看心情，心情好不好看心态，心态好不好看修炼。我们一定要学会忘记生活中的寒冷与阴霾，在生活的平淡和安稳中，享受属于自己的幸福。在整个寒冷的季节里，如果累了，就放松心情！切记，再冷的天气，也要学会温暖自己！

老区的光荣

2020 年 11 月 23 日

11 月 21 日 12：39，玉振同学在我们同学群里发了个图案，当我仔细看清楚了以后，立刻兴奋不已！这可是中央精神文明建设指导委员会授予信阳市全国文明城市的牌子啊！

11 月 20 日，是一个值得信阳人民永远铭记的日子。当天上午，在北京举行的全国精神文明建设表彰大会上，信阳市和新县荣获"全国文明城市"荣誉称号！省人大常委会副主任、信阳市委书记乔新江、新县县委书记吕旅和全国文明村镇新县田铺乡代表邵燕参加大会并一起接过这块凝结着信阳人民心血和汗水的最美牌扁！

在城市品牌中，全国文明城市含金量最高、创建难度也最大。几年来，信阳市一直把"创文"工作作为落实习近平总书记"两个更好"殷殷嘱托、加快大别山革命老区振兴发展的重要抓手，坚持创建为民靠民惠民理念，城乡环境面貌和市民精神面貌明显改善，人民群众获得感、幸福感、安全感大幅提升！近年来，信阳举全市之力推进全国文明城市创建，动员发挥各方面力量参与文明创建，机关干部、企事业职工、学校师生、社区居民纷纷加入创建中来，街道社区连续奋战，凝聚了共同创建的强大合力，奠定了创文成功强大而又坚实的基础！荣誉来之不易，我们每个人不仅感到骄傲与自豪，而且更应该倍加珍惜之！

战胜自我

2020 年 11 月 24 日

天说冷就冷了！尤其是昨天，风雪交加，温度骤降！很多朋友在朋友圈直呼这是 2020 年第一场雪，瑞雪兆丰年啊！还有一些同学、同事和朋友发信息要我穿厚点，勿冻着，甚是感动！而我自己也感觉天冷了，被窝里暖和而不想早起。在这寒冷的早晨真的不想离开这温暖的被窝啊！可我又告诫自己，一次赖床，定会养成一冬的懒惰。我们生活在这个大千世界里，其实每个人都活得不容易，这点冷又算得了什么呢？！又何必为老天的陡然降温而心存不悦呢？若能每天保持愉悦的心情面对各种繁杂琐碎，那么生活就一定少了许多烦恼与无奈。年轻时总以为今后的日子很长，懒过了今天还有明天。许多时候，我们面对生活的压力会束手无策，面对命运的多舛又追悔莫及！世上最难买的就是后悔药，再多懊恼，也无济于事；再多忏悔，也回不到当初。许多东西失去了就是永远，错过了就是终身！生命的最高境界莫过于安静的修为自我，让心里一直安静，让灵魂永远富足！

感恩

2020 年 11 月 27 日

昨天是感恩节，可我却不知道，看了一整天的感恩信息方知 11 月 26 日是感恩日。感恩父母，感恩同学，感恩老师……说实话，我这一生应该感恩的人很多，上初中时我的语文老师陈老师，上高中时的李老师，是他们在我文学创作方面给了我悉心指导，才使我的不少诗歌、散文、小说等见诸报端且拿了奖项！这也更有益于我今天的工作。是的，我们每个人都应该懂得感恩，感恩世界，感恩父母，感恩生活！也感恩生命中的所有相遇，感恩有你！感谢你每天的关注和阅读，感谢你的点赞和留言。感恩我的所有微信好友，同事同学一起走过的岁月！我们只要拥有甜蜜的爱情，温馨的亲情，真挚的友情，就是这世界上最幸福的人！只要拥有你们的爱，我的面前不再有荆棘，不再有阻碍！今天，让我们一起感恩天地滋养万物；感恩父母养育之恩；感恩老师辛勤教导；感恩同学关心帮助；感恩农夫辛勤劳作……感恩所有付出的人，愿你我都幸福美满、快乐吉祥！

不负光阴

2020 年 12 月 1 日

日月如流，白驹过隙！时间过得真是太快了，转眼间就进入今年的最后一个月了，三十天后又是新的一年。现在是真真地感觉到什么是石火光阴，流光易逝了！没有人可以留住时间的脚步，我们只能把握时间，只能珍惜当下！天冷了，多保暖，勤添衣，新冠病毒还在猖獗，出门还是要戴好口罩，到家还是要认真洗手，要用心对待自己身体的每一点不舒服。我们只有照顾好自己，才是对家人、对爱你的人最好的报答。不辜负自己吃过的苦，不忘记自己走过的路。我们的岁月里，总有一个角落，可以安放心灵；总有一处风景，可以卸下满身的疲惫，容纳着我们的悲苦和欢喜！虽然这是 2020 年的最后一个月了，但我们仍要努力把它过好！愿一年所有的努力，都在此时硕果累累，灿烂辉煌！我们一定不负时光，力争把每一天都活成自己喜欢的模样，让自己的人生充实丰盈！

印象侯耀华

2020 年 12 月 9 日

昨天中午吃过午饭后，我无意间在书柜里找出了 2004 年茶叶节时我与我国著名相声大师侯耀华先生的合影。侯耀华老师当时是应我们市委、市政府的邀请来参加第十三届中国信阳茶叶节的。我有幸与时任信阳市广播电视局局长的付卫同志一起，前往侯老师当时下榻的豫花园大酒店进行采访。晚上一起共进晚餐的时候，侯老师在小酌了二两小酒之后，便对我们侃侃而谈：讲他的父亲，谈他的哥哥，聊他的弟弟……说他的相声，讲他的小品，谈他所演的话剧……他的幽默、他的逗趣、他的机智、他的诙谐使我至今难以忘怀！今天，再看看16年前的这张合影，感觉那时候我们真的是英姿勃发、精神抖擞啊！如今，16年过去了，岁月毫不留情的给我们每个人的脸上都增添了不少的皱纹。然而，在我看来，时光虽然苍老了我们的容颜，却成熟了我们的心智！到了我们这个年龄，越来越觉得年龄只是一个数字，它不仅沉淀了我们的心境，更丰盈了我们的人生阅历！正如今年已74岁的侯耀华老先生所说的那样：生命不在于年龄，而在于心态。是啊！心若年轻，岁月不老；心若温暖，世界妩媚。人生的美好是不畏年龄的！往事不可追，我们能把握的，唯有今天！让我们一起去拥抱更加美好的明天吧！

与人为善

2020 年 12 月 13 日

　　事实上，每天都是平常的日子，只是我们给它标注了不同的意义！天阴了，降温了；秋尽了，天冷了，我们穿上棉衣了，方觉冬天真的来了！实际上，我们这个"奔六"的年龄，也开始走向人生的"冬季"。春夏秋冬、四季轮回，花儿开了又谢，草儿绿了又枯。其实，同样一件事，我们想开了就是天堂，想不开就是地狱！手上扎根刺，不要说倒霉，要庆幸没有扎到眼睛里。我们的不快乐，往往是太在乎别人的看法！大千世界，芸芸众生，你做的每件事情怎么可能让每个人都满意呢！所以，要发自内心地尊重和热爱我们自己的生活，尽力让每一天都以自己喜爱的方式度过！尽量让那些纠结于内心的事情，云淡风轻。只要我们心中有爱，眼中有光，人间就是天堂，前途才能一路芬芳！只有把握好当下，开心地做好自己，用真诚善良去对待我们身边的每一个人，我们一辈子才会无愧于心、安度余生！

毋忘

2020 年 12 月 14 日

昨天晚上，估计是喝了杯茶水兴奋的原因，躺在床上久久不能入睡，既而想起了 83 年前的 12 月 13 日。1937 年 12 月 13 日，当时的国民政府首都南京沦陷后，日军在南京进行了长达 40 多天的大屠杀，死伤人数达 30 万之多，平均每 12 秒钟就有一名中国人被杀害！为了让国人铭记历史，勿忘国耻，我们国家把 12 月 13 日这天定为国家公祭日，以国之名悼念逝者！其目的不是延续仇恨，而是要警醒我们：吾辈当自强！

国行公祭，祀我殇胞！我们只有铭记历史，方能在沧海横流中积蓄砥砺前行的力量；方能成为国人传承历史记忆的自觉追求，化作中华民族伟大复兴的不竭精神动力！

自励

　　昨天早上刚起床，便收到了三十多年来我最尊敬的大哥发来的短信："日记写得很好，有高度有深度有宽度……值得阅读和收藏，未来可出一本《书鸿日记》供后人拜读，从中受益。"我知道，这既是鼓励，更是鞭策！其实，在这之前，还有位令我敬重的前辈也给我每天写的日记作过类似的点评和建议，在此一并表示诚挚的谢意！事实上，大哥、前辈及许多人和我一样，每天都在努力地学习与思考！我们来到这个世界上，要学习的东西实在太多太多……那么，我们学习的真正目的是什么呢？就是要通过学习，使自己能够站的更高，看的更远，明白的更多，能发现生命里最美的一切。唯有乐观的思想，面对世界我们才能坦然；面对生活，我们才会积极向上！才会"不畏浮云遮望眼"！世界上唯有生命无价、健康无价。只有不纠结生活中的一切不愉快，才能让自己的心胸豁达！就像那朝霞里的花儿，每天在阳光的照耀下，在水和空气的滋润下，幸福地生长，快乐地绽放！经历过的都是故事，最美的风景就在当下！

修为

　　44 年前，我还在老家上初中，教我语文的老师是我的本家侄子。虽是我本家侄子，但我不论在场面上还是在私底下都很亲切地叫他陈老师，在他面前无论什么时候我都不敢以长辈自居！因为他不仅仅是课教得好、水平高，而且他还写得一手好字（虽然他不是书法家）。陈老师教我的时候他还是单身，由于他语文教得好，所以，我作文才写得倍儿好！为此，他便时常让我到他家里给我"开小灶"，所以，初中两年我基本上就是在他家度过的。记得第一次去陈老师家时，我就被堂屋正中央他自己写的一副对联所吸引，上联是：静坐常思自己过，下联是：闲谈莫论他人非。当时，我只是为老师的这一手好字拍手叫绝，并不清楚这副对联的意思是什么，现在我终于明白这副对联的含义了。中国有句饱含哲理的古语：耳不闻人之非，目不视人之短，口不言人之过。有人考上了大学，他鄙视人家不是重点大学；有人靠努力变得富有，他说人家获得的是不义之财！有句老话说得更好：如果你不了解你就闭嘴，因为你永远不知道别人经历了什么；如果你了解，那就更应该闭嘴。也许这就是对老师44年前写的这副对联给予的最好的诠释！现在想想，贴在老师堂屋正中央的这副对联并不是他信手拈来、随便写上去的啊！它寓意着老师这一生，无论是为师还是为官，都是用这副对联作为他人生的座右铭啊！

素质

2020 年 12 月 18 日

因河南省大气治理，从本月 5 号至月底又开始对车辆进行限行。本来这是个规矩，车辆单号的逢单行驶，双号的逢双上路，可我这两天发现，路上竟有很多车辆无视规矩，车辆是单号的双号照样行驶，车辆是双号的单号照样上路。在我看来，这些无视规则的人原因有二：第一，有钱就任性，不怕罚款；第二，真的无视规矩规则、我行我素、恣意妄为！（当然，若真不知道有此规定或是忘记了限行者除外）大家还记得那场轰动一时的重庆公交车坠江事故吗？车上的刘某突然发现公交车已经驶过了自己的下车点，于是便从座位上起身，边指责司机边要求司机停车。由于当时的路段不允许司机停车，可刘某非但不听司机的解释，反而拿手机砸向正开车的司机，最后导致方向盘失控，撞上小汽车后坠江。车上 15 条鲜活的生命，就因为刘某对于规则的漠视，就这样没了！

有句话说得好："人不以规矩则废，家不以规矩则殆，国不以规矩则乱。"殊不知，规则最大程度规避了风险，它就是一道生命的守护线！实际上，这些无视规矩规则的人，在他们眼里什么大气污染，什么绿水青山，什么单号双号限制行驶，这些好像都与他们无关！他们只管自己开车外出办事方便！他们往往无视别人的感受，只顾自己的利益，让更多的人以及我们这个社会一次又一次为他们埋单！

立志

2020 年 12 月 21 日

记得我在上中学的时候，班里的同学可谓壮志雄心、志存高远！甲同学立志要当科学家，乙同学立志要做文学家，等等，不一而足。事实上，"立志"也并非学生的专利。现在想一想，我们每个人都要"为天地立心，为生民立命，为往圣继绝学，为万世开太平"。只有在这种高远志向的召唤下，我们才能不断完善自己，才能在诱惑面前不堕落，在苦难面前不崩溃，在利益面前不动心。实际上，历史上凡有所成就者，莫不对立志非常重视。这几天听西安交大教授讲《论语》智慧，受益匪浅，明白了孔子为什么能够成为儒家文化的集大成者。他强调"志"对于人的重要性时说"三军可夺帅也，匹夫不可夺志也"，以此来鼓励自己的学生，也以此勉励自己，要坚定信念，矢志不渝！

一阳来复

2020 年 12 月 22 日

　　昨天冬至，根本不知，还是看了很多同学、同事、朋友在朋友圈里发信息提醒大家一定记得吃饺子方知 21 日是冬至，见大家都在说冬至、写冬至，我也忍不住来凑凑热闹！说冬至这天只要吃了饺子，包你一个冬天都不会冻耳朵！真的假的呀，咱也无法考证，但冬至是农历二十四节气中的第二十二个节气，是冬季的第四个节气，是太阳"南行"的转折点，是白昼时间最短、黑夜时间最长的一天。我依然是五点多起床，但窗外却没有一丝光亮，虽说冬至的太阳离我们最远，但我们知道它已经在返回的路上。由于大地的保暖，冬至只是白天最短的一天，而不是最冷的一天，真正的寒冷是在冬至之后的小寒、大寒。

民间有"夏至三庚入伏，冬至逢壬数九"的谚语，从冬至开始"数九"。其实冬至有三层含义：一是阴极之至，阴气最盛的时候；二是阳气始至，阳气萌生的时候；三是日行南至，阳光直射点最南的时候。都说冬至大如年，人间小团圆！是不是团圆的思念，把黑夜拉长？冬至冬至，祝您幸福悄然而至！

腹有诗书气自华

2020 年 12 月 28 日

　　记得从上初中开始，语文老师就要求我们读唐诗宋词，并告诉我们：熟读唐诗三百首，不会写诗也会吟。其实，那时年龄小，背很多唐诗宋词也就只是背诵而已，根本不知其中的意思！比如说，我当时读唐代著名诗人李白的《将进酒》时，我记得最清楚的一句就是"天生我材必有用"！实际上我当时的理解是：我一定行，将来长大后绝对堪当大任！现在想想实乃自不量力。事实上，当时的诗人，人家那是自信，而且还绝对不是盲目的自信，是做了充足准备后的胸有成竹！诗人及更多自信的人必定内心富足，腹有诗书气自华；自信的人必定是内心纯净，任何时候都不在乎别人无聊的看法，并且可以正确地处理自我与世界之间的关系，坦然地对待生活中的得与失、工作中的是与非！自信的人敢为天下先，用知识改变命运，用真诚赢得喝彩，用孝心感动他人，用智慧得到尊重，用善良打动人心，用真情书写人生！

孝德

2020 年 12 月 30 日

前天我看了一段视频，11 月 23 日，湖北省宜昌市秭归县西楚社区，一位老人冒着风雨去交医保，却被一位年轻的女工作人员不耐烦地告知："我们不收现金，你要么让你亲戚帮你，要么自己在手机上支付，就这两个方式。"老人没有说话，一个人呆呆地坐在柜台前摆弄着手套，好像是自己做错了事儿似的。看了这个画面，我有种说不出来的心疼。想起我家 86 岁高龄的老母亲如果在外受到如此欺负，我肯定会气得大哭一场。不知这位工作人员是否想起自己家里也有老人，若是看到自己的亲生父母在外被人刁难，她是否能够想起自己曾经这样对待过老人？如果有一天，这位工作人员也被时代的洪流所抛下，也成为那个茫然无助的老人，希望她能比今天的这位老人幸运！

中国古代著名的教育家、思想家孔子曾经说过："人不独亲其亲，不独子其子，使老有所终，壮有所用，幼有所长，矜、寡、孤、独、废、疾者皆有所养。"孟子曰："老吾老以及人之老，幼吾幼以及人之幼。"孟子这句话的意思就是说，把别人家的老人当作自己家的老人来孝敬赡养，把别人家的孩子当作自己家的孩子来教育爱护。这两位古代著名的思想家、教育家的名言警语，无疑是作为我们中华民族的传统美德传承下来，理应被吾辈发扬光大！而发生在湖北秭归这位年轻的工作人员身上的这个事情，则证明了其博爱、仁厚和孝心的缺失，着实令人心冷齿寒！

家教

常言道：国有国法，家有家规，中国自古以来都有着规矩的说法。对于中国人来说，有家的地方必有家规，老话常说："无规矩不成方圆。"可是，现在很多父母却丢弃了古训，教育孩子丝毫没有原则，殊不知，没有家规，培养出来没有规则的孩子，最终害的是他自己！

记得作家马伯庸曾经说过："一个家族的传承，就像是一件上好的古董，它经历许多人的呵护与打磨，在漫长的时光中悄无声息地沉淀。古董有形，传承无质，它看不见，摸不到，却渗透到家族每一个后代的骨血中！"因此，好的家规，似无形的古董，无形之中影响孩子；好的家规，不但是一个家族兴旺发达的根本，而且能教育出一代又一代出色而优秀的儿女；好的家规，不仅仅是文化的传承，影响着当代，更深深地影响着我们的子孙后代！

牛气冲天

今天是元月二号了，可我依然看到很多人元旦当天在网上发的"2020 实鼠不易，2021 牛转乾坤"的新年祝福！严格来说应该是："庚子，实鼠不易，辛丑，牛转乾坤！"我们中国人过的是"农历年"，元旦那天仍然是庚子(鼠)年十一月十八。说实话，过去的 2020 年，真的是"百年不遇"！在我们每个人的心中都留下了太多的记忆。一切的一切，对于我们普通人来说，只有健康和平安最为重要。只要活着就是幸福，只要健康就该知足。手机没电了可以充，钱包里没钱了可以再挣，但时间流逝了，就再也没有了。我们只要有目标、有计划、有理想、有决心，任何时候都可以是一个新的起点！2021 年我们会过得更好！

难以忘却的 2020

2021 年 1 月 3 日

2020 年，真是让中国十四亿人民刻骨铭心的一年，现在按阳历计算已经是过去了。时光无言，我自有感。那些遗落在流年里的悲欢离合，让人难以忘怀，嫣然成画。这正如唐代刘希夷诗云："年年岁岁花相似，岁岁年年人不同。"在生命里，有一种温暖，无需朝朝暮暮，也可以长相厮守；有一种陪伴，无需海誓山盟，却也可以相伴天涯海角；有一种懂得，即使不言不语，却总会温暖到落泪！人生，总会有不期而遇的温暖和生生不息的希望。感谢这一路有亲朋好友的陪伴、同学同事的支持和关爱；感谢这一路我们历经沧桑共同的成长！再见了，这个让十四亿中国人民铭心刻骨、难以忘却的 2020 年！让我们满怀豪情，在新的一年里启程远航！

善待自己

2021 年 1 月 5 日

都说人生短暂，生命无常，事实上真的是这样！昨天下午，办公室突然通知说，局里一位同事，突发脑出血，经医院全力抢救，最终还是没有留住他的生命，通知我们去送他一程。他才51 岁啊！正是人生的黄金期啊！对此，我们除了悲痛，更多的还是惋惜！仔细想想，到了我们这个年龄，在工作和学习之余，务必要好好保护好我们的"心脑"，那些想不通的事，就不要再想了；那些不该计较的事千万不要再计较了。静下心来想一想，人这一辈子真的好短，一年，在四季轮回中走完；一生，在一呼一吸中结束！还去争什么呢？还抱怨什么得多得少、官大官小、钱多钱少呢？！好好珍惜余生的每一天吧！该翻篇的翻篇，该忘记的忘记，在渐行渐远的时光中，站在落日的余光中，遥望着家乡，听风的叹息！我们都是生命旅程的赶路人，请善待自己，不枉此生来到世间的一场旅行！

养生杂说之一

2021 年 1 月 7 日

我很敬重的一位老兄，做了 14 年三甲医院的院长，我时常向他讨教养生之道，他说："最好的医生是你自己。身体致病的原因，主要是易怒、焦虑、悲伤、敌意和多疑。"他首先谈起"易怒"对人身健康的危害。

从中医学上讲，人体有气结气瘀一说，生气容易让原来畅通的七经八络变得迟钝，血液流回心脏的速度变慢，在某个部位生成病灶，从而为疾患的发生埋下了定时炸弹。每个人的意识里都深藏着愤怒的种子，当生气时，我们会倾向相信愤怒是由别人造成的，而将所受的痛苦归因于别人，但是如果深入地观察就会明白，造成暴躁易怒的原因，其实是自己内心那颗愤怒的种子！《论语》记载，子贡曾问老师："有一言而可以终身行之者乎？"孔子答曰："其恕乎！"意思是："有没有一个字可以终身奉行的呢？"孔子回答说："那就是恕吧！"恕己恕人，对事对人皆以"恕"字待之，才是不生气的极终法门。为此，在当今如此纷杂的生活中，我们都要学会别太较真，别太计较，"糊涂"一点，"健忘"一点，可否？！

当感觉自己的情绪失控时，立刻去做一件别的事情，或者去别的地方，以此来转移自己的注意力。就像郑板桥先生那样，每次怒气来临时，便铺好宣纸，提笔画竹，画完以后，心里也就舒坦了，画艺也随之愈发成熟！可谓是一箭双雕啊！

养生杂说之二

2021 年 1 月 8 日

第二个危害人身健康的就是"焦虑"。现代社会焦虑无处不在：孩子为成绩焦虑，成人为财富焦虑，老人为健康焦虑……

据《国民财富焦虑报告》里的数据，目前国内4.4%的人处于高度焦虑状态，78%的人处于中度焦虑状态，这便意味着，你能看到的大多数人，都是表面上的光鲜，而内心却在泥泞中挣扎！如果一个人整天处于焦虑和紧张的状态，那么，他就不能放松身心，这肯定是不利于我们的日常生活和工作的，甚至对身心健康造成很大的危害！

庄子说："达生之情者，不务生之所无以为；达命之情者，不务知之所无奈何。"一生中要随缘自在、人贵自得。人生在世，每个人必须有自己的生活，别人的生活再好，也未必适合自己。不用和别人比，好好活自己。其实，绝大多数让你焦虑的事，都是尚未发生的事，所有的焦虑都是源于自己内心对它们过多的关注，既然我们无法预知未来，不如积极地活在当下，专心营造眼前的生活；不要活在对过去的追悔中，活出一个无忧无虑、健健康康、快快乐乐的自己！

养生杂说之三

2021年1月9日

老兄说的第三个身体致病的原因就是"悲伤"。人们常说的什么"悲痛万分""悲痛欲绝"等就都是过于悲伤的表现。悲伤之后，什么抑郁和伤痛都会沉淀在自己的身体里，就算大脑暂时忘了，可你的身体会一直记得。《素问·举痛论》曰："悲则心系急，肺布叶举，而上焦不通，荣卫不散，热气在中，故气消矣。"现代医学研究发现，过度悲伤会引发"心碎综合征"，从而导致心脏畸形，影响供血功能，引发一系列类似于心脏病的症状。从长远看，心碎综合征会增加患严重心血管病的风险。事实上，人生到了一定的阶段，就会意识到有些事情是我们无法改变的啊！所以，绝不可勉强。真遇到悲伤的时候，自己的情绪一定不要压抑，该哭的时候就放声大哭，该掉泪的时候就要让它像断了线的珍珠一样尽情滑落，当然，能跟别人分享更好。每天再忙，尽量抽出半个小时慢跑，因为慢跑，不仅是最省钱的运动方式，而且，还会有效地缓解悲伤。此一举两得，又何乐而不为呢？！

养生杂说之四

2021 年 1 月 10 日

众所周知，在当今社会中，生活节奏快，每个人的工作压力都大，每天接触各种各样的人也很多，我们时常就会听到"我就看他（她）不顺眼"这样的话，这就很容易让人与人之间产生敌意。这种敌对心态一旦迅速膨胀，超过了个人的忍耐限度，就会逐渐演变为挑衅、报复、破坏等其他攻击性行为。另外，人在处于敌对状态时，副肾上腺素就会不断分泌，脸红心跳脖子粗，使心脏负担加重，人的正常身体机能就会遭到破坏，敌对情绪还会人为地制造一种恶劣环境，其结果就是：你敌视别人，别人同样也会敌视你，久而久之便形成了恶性循环。我们以为，无论是任何事情，在没有确凿证据的前提下，切记不要先入为主，更不要随意给别人定性，不要因为对其有偏见，从而影响客观的判断。因此，我们都要学会宽容，将心比心。这正如《增广贤文》中所说的："以责人之心责己，以恕己之心恕人。"只要我们每个人都能做到推己及人，将心比心，都能做到理解和宽容，那么，我们的社会将会更加和谐，我们每个人的身体将会更健康，我们的生活将会更加美好！

养生杂说之五

2021 年 1 月 11 日

老兄最后谈到"多疑"对身体健康的危害时说，多疑的人往往是带着猜忌的成见，通过"想象"把生活中发生的毫无关联的事件凑合在一起。比如说，办公室里同事有时说几句悄悄话什么的，立马就怀疑是不是在说自己的坏话呀；身体稍有不适感，又怀疑自己是不是得了不治之症呀；等等，不一而足。毋庸置疑，疑心病重的人常心烦意乱、胡思乱想，更为严重的是还有被害妄想症，甚至是抑郁症！《菜根谭》中讲："福莫福于少事，祸莫祸于多心。"事实上，人最大的幸福就是没有烦心事叨扰，而最大的灾祸就是疑神疑鬼！

各位同学同事朋友，我们都尝试着每天记录自己的一个小善举，比如说今天为社会捐献点什么、明天帮助环卫工打扫卫生等等。这样不仅有助于增强自己的自信心，而且还会减少对别人的猜疑。其实，人生的很多困惑，一是源于固执，二是源于无知。抽空多读点书吧，再多经历点事情，也许这些疑心就能烟消云散了。只要与自己、与别人坦诚相待，保持内心的光明，一个内心光明的人自然俯仰无愧，根本不用怀疑别人对自己有过什么不利的言行。

末学肤受

2021 年 1 月 13 日

这几天，北京航空航天大学连续发布公告，清退 404 名在读博士和硕士；2021 年 1 月 11 日，北京航空航天大学又决定对 6 位博士生进行处理上了热搜。其实，清退博士生、硕士生等不仅仅是北京航空航天大学的"专利"，清华大学、华中科技大学、合肥工业大学、河北体育学院等高校相继有之。比如，2019 年，河北体育学院 40 名学生因长期旷课，且未办理任何手续而被退学。为此，在教育部举办的新闻发布会上，教育部高等教育司司长吴岩说："现在有些学生不对自己负责、不对家长负责、不对社会负责，他就应该付出应有的代价。要让一部分学生天天打游戏、睡大觉、谈恋爱的日子一去不复返！"然而，这些学生又怎么知道，父母为了他们的学习，能考上个好的高校而外出打工吃了多少苦头呢？！

我曾经看过一个采访，有记者问 12 岁到 18 岁的学生将来想做什么时，大多数孩子回答说要做演员、当网红、做歌手……孩子们啊！醒醒吧！别再让辛辛苦苦生你养你的父母伤心流泪了，好好读书吧！虽然说人生道路千千万，但读书绝对是最简单的那一条啊！

讷言敏行

老话说：病从口入，祸从口出。我们常说：少说话，多做事……仔细想想，这些话是很有道理的。有道是：言少，则祸少。《荀子·非十二子》里有句话说："言而当，知也；默而当，亦知也。"我举双手表示赞同！因为真正的智者都是少言的，绝不无中生有、谈论是非！他们看破不说破、看穿不揭穿，用少言或不言来消除不可预知的麻烦。可也总有一些人做不到少言或不言，而最终给自己带来祸端！咱不说现在，把例子举得远一点。但凡看过《三国志》的人都知道有个极其聪明的人叫杨修，按史书记载，他的才华绝不输给诸葛亮和周瑜，可他既没建立功勋，也没得到较高的职位，最终还被曹操斩于军中。他的失败，就是因为多言。众所周知，曹操生性多疑，他曾多次说："我梦中好杀人，凡是我睡着的时候切勿靠近我！"有一次，曹操在帐中睡觉，被子落到了地上，而就在侍卫为他盖被子的那一瞬间，曹操跳起来拔剑把他给杀了，然后继续上床睡觉。早上起床后，他看到床下的惨状竟故作吃惊地问："是谁杀了我的侍卫？"曹操瞒天过海的本领简直达到了登峰造极的地步。当人们都还在相信曹操是在梦中杀人的时候，杨修却叹息地说："不是丞相在梦中，而是你们在梦中啊！"

正是杨修好说而又自以为自己聪明的"多言"，才导致他最后命丧黄泉！所以说，说话真正的艺术不是多，而是少；能把握住说话的分寸、对象和场合，这更是智慧和涵养的体现。

争论不休

2021 年 1 月 18 日

不知朋友们有没有同感，我们很多时候，无论是在线上聊天还是在线下交流，有时聊着聊着就因各自的观点不同或者是其他莫须有的缘故而争论不休……最终的结果是，彼此双方为此都不甚愉快。这些情况不仅仅体现在朋友之间，有时家人之间一样有之。说实话，如果是作为学术交流或科学探讨确有必要，若是为一些鸡毛蒜皮或无意义的小事去争论实在是太没必要！记得作家李尚龙曾讲过一个故事：有一次，他要飞往外地出差，因天气原因，他所乘的航班被取消。于是，李尚龙也随着起哄的人群在那没完没了地和机场的工作人员争辩……这时，他身边有位朋友对他说："这样继续争辩下去有结果吗？能解决问题吗？"李尚龙闻言恍然大悟，立刻转身冲出人群，改签了最近的航班，等他准备登机时，那些还在打口水仗的人群才开始涌向改签处，而可惜的是，机场已没有当天的票了。

卡耐基曾说："在争辩中获胜的唯一方式，就是避免争论。"没有结果的事，一味地去争论，只会自寻烦恼；想当然地始终强辩，只会自我消耗。想想也是，对这些无谓的争论，争辩赢了如何？争辩输了又如何呢？更何况，根木就没有争论输赢的结果啊！唯一要有的，说严重一点，恐怕就是彼此之间伤了和气。

含明隐迹

我有位老兄，与我结交二十多年了，他在老信阳市教育局任教育科科长时我俩就有交集。后来他到七中当了多年校长，现在任招办主任。每次见面或是在公众场合介绍他的身份时，他都是十分诚恳地说："我就是一个老教师而已。"说实话，在教育系统内，像这样如此谦逊的远不止我这位老兄。这些年来我采访过很多校长，但他们从不把自己当校长看，在他们眼里，自己的专业才是他们安身立命之本，专业让他们内心充实，让他们接地气、有底气，进退从容、一世尊严！他们从未把校长当职务，始终认为校长只是个称谓而已。他们当中绝大多数人都认为：一个把校长当官看的人，永远也当不好校长；一个校长的"行动领导力"才是一所学校赖以生存发展的法宝。职务，不过是个"过路"的称谓，而职称才是一辈子的"头衔"！

志同道合

昨天周日，几位同学相约而聚；把酒言欢，其乐融融！说句实话，同学甚多，但是能沉淀下来并到现在还来往甚笃的，我认为那真可以称得上是："品味相合，三观一致。"这正如

《增广贤文》中所说："酒逢知己饮，诗向会人吟，相识满天下，知心能几人。"人这一生，会遇到许多形形色色的人，和三观一致的人在一起，你会觉得轻松愉快，如沐春风，反之则不然：你若喜欢读书，他则觉得你读书是浪费时间，说你假学问；你若喜欢锻炼，他则觉得你锻炼是浪费精力，说你没事干；你若喜欢旅游，他则觉得你旅游是浪费金钱，说你闲得慌……试问：这种人我们能坐在一起喝酒聊天吗？

其实，我们每个人都有自己的三观。三观一致的人，即便相隔千里也终会相逢；而三观不同的人，即便近在咫尺，终究也是形同陌路。我们不是金银细软，人民币或者美元，不可能让每个人满意，但我们至少可以找到一些志趣相投、三观相合的同伴。因为品味相合，所以我们彼此理解；因为三观一致，所以我们彼此相交！

豁达人生

2021 年 2 月 2 日

我们系统有位老兄，前几年组织上给他调至某个职位上时，目的就是为他进步做铺垫的，可后来不知何故，他的职位被别人取代，老兄至今仍原地踏步。虽然如此，在任何场合都没有听到这位老兄说半句抱怨的话。有一次我私下问他，他却呵呵一笑说：我们每个人的这颗心都不是用来难受的，而是用来感受的。老兄，真好！这种心态我们理当赞之、学之！

人这一生，要想走得轻松、活得自在，就要学会修炼心态。

吃亏时，坦然一笑；遭遇不顺时，泰山处之。凡事乐观以对，就没有越不过去的高山，去留随意一点，得失看淡一点；得之是幸，失之依然云淡风轻；拿得起放得下的人，才是生活的赢家。一辈子不长，别让自己的人生输给了心态；即便前方再暗，只要点亮一盏心灯，一切自会豁然开朗！

不能自已

2021 年 2 月 3 日

昨天吃晚饭时，我身边的一位老弟给他朋友打电话，但未接通，于是就发信息，可一直到最后也未见他朋友回复，于是他就火冒三丈，说话也极为难听。我就劝他，人家一定是有事，比如找人办事或说什么事情，抑或是陪远来的客人吃饭……劝了半天，仍然刹不住他的火气！常言道：发脾气是本能，不生气才是本事。可现实生活中，就是有些人动不动就被脾气牵着走。火从心头起，气向胆边生。真正厉害的人，却早已把人生调成静音，因为他们懂得，多余的脾气对解决任何事情都无益处，相反还会伤害身体。那些愤怒时说的话、做的事，待冷静或清醒之后会让人追悔莫及！就像拿破仑说的："看不惯别人是胸怀不够，脾气不好是修炼不深。"

朋友们，别再让自己成为坏脾气的牺牲品了！遇事不急，勿要生气；只有学会修炼脾气，我们才能收获福气！

斗柄指东

2021 年 2 月 4 日

昨天立春，中原在整个冬季无明显降水和大的降雪中迎来了二十四节气中的第一个节气——立春。

立春，象征着冬的结束，春的起始。同样，她象征着生命的起点，百草的复苏、万紫千红的开始！

立春后的第二个节气将是雨水，看来牛年的春节会在"干冬湿年"中度过啊！

疫情、雨情，减少外出就能有时间温暖家庭。况且，有风有雨是常态，风雨无阻是心态，风雨兼程是状态，风雨不改是姿态。踏着伟大新时代的音符，奏响生活的进行曲，征途漫漫，今天先过好小年，期待欢乐过大年，一切的一切，唯有健康快乐，方能奋斗拼搏，创造更加灿烂辉煌的明天！

不言之教

2021 年 2 月 6 日

时常有朋友咨询我，说孩子教育真是个大问题，问我有什么妙方吗？说实话，真的没有。但孩子的教育问题也绝不可轻视。俗话说："宠儿多不幸，娇儿难成才。"这就是告诫各位家长们应怎样去教育自己的孩子，尤其是怎样给孩子一个良好的道德教育，教会孩子如何做人是每个家长义不容辞的责任！孩子们良好习惯的养成需要家长首先走出爱的误区。被过度溺爱的孩子，他们总觉得大人所做的一切都是理所当然的事情，他们不懂得为别人着想，更不知道大人的艰辛与付出，他们一切以自我为中心，性格自私自利，骄横乖张，不懂得宽容，更受不了委屈，他们甚至不懂得礼貌，目无尊长，口无遮拦。可这完全都是孩子的错吗？不要总是抱怨，别人家的孩子怎么那样懂事，而自己家的孩子却是个小霸王。孩子从懵懂无知到称王称霸，绝非一日之功，当孩子已习惯了索取，他们就不知道感恩；他们只希望别人不断地给予，也不会想到自己要为父母爷奶做点什么力所能及的事情。所以，爱孩子，就教育他们学会分享；爱孩子，就教育他们懂得感恩！

河同水密

2021 年 2 月 8 日

说真的，近些年来，也许是年龄越来越长的缘故，我与高中和大学时的同学聚会的次数越来越多。我们由原来的少聚，变成了现在的多聚。比如昨天，我大学时的班长召集我们当初中文系一个班的十几个同学聚了一整天。现在，对于我们来说，同学聚会已经像一个信仰，而且，更为有趣的是，我们分开之后，反而似乎比在高中或大学校时还要亲近并互相牵挂！聚会多了，我们便得出一个结论：在岁月的催化下，我们由原来同学时的友情变成了如今的亲情。每一次聚会，都使得亲情的成分进一步发酵！

想想也是，毕竟我们一起度过高中两年、大学四年的温馨岁月，彼此间真的是有感情啊！我们因同学在那里，平时的日子便感到欢欣而充实！起码都知道，不必担心岁月匆匆，过去上学时的一切也许都会模糊，可想不起来的，同学们都替我们记住了。有了这些，哪怕未来不再让人期待，至少我们彼此都拥有一个温暖的学生时代！

谋定而后动

2021 年 2 月 9 日

我看过一则报道：有一个企业家，他曾反复强调："男人在外面闯荡，必须学会有事一定要和家人商量一下。"现在看来，这句话很有道理。像这几年我认识的几个老板，过去的事业都做得十分成功，可由于后来他们自行其事、我行我素，做事从不与家人或朋友商量，再加上其他因素才导致后来的失败。今天这里考察，明天那里聚餐，看到什么东西都想投资一下，一圈圈跑下来，路费餐费花了不少，可最后一件事也未办成。而凡事能多与家人（尤其是自己的爱人）或者最亲密的朋友商量一卜，就相当于多了一双慧眼，多了一个聪明的大脑，多了一道防火墙，能规避很多风险。

人的一生，没有任何一个人是一座孤岛，家庭存在的意义就是互相温暖。聪明的人遇到事情，尤其是遇到大的事情，特别是牵涉投资的事情，一定要跟家人商量一下。这不仅会使自己考虑问题更全面，更重要的是，凡事商量的背后，代表的更是信任与尊重。当一个家庭，家人之间有商有量、互相尊重，家庭的凝聚力和归属感才会更强，事业也会随之愈做愈大！

体味幸福

2021 年 2 月 11 日

今天已经是除夕了，转眼又是一年；茌苒半生，我们每个人都在努力地学习、认真地工作、追求着幸福。可事实上，到了我这个年龄，对幸福观已有了不同的认识。在我看来，幸福不是财富的积累，更不是高官厚禄，而是有一种平常的心态，一种平淡的生活。其实，任何事情的发生，都有其必然的因果，有因才有果。我们的种种现状及其结果，都是我们过去种下的"因"导致的。人与人之间也是一样，都是有因才有果，因为我们每一个人都不是生存在真空地带，也不是独处于世外桃源，人生的每一个精彩，都有他人的成绩。所以，有付出才会有回报，适当承担，内心才会无愧和安然。人活一辈子，要记住别人的好，要努力做到对别人不负不欠，这样才能活得坦然；心快乐了，人也就幸福了！

桃李成蹊

2020 年 2 月 21 日

2021 年 2 月 17 日晚上，一年一度的"感动中国年度人物"揭晓。当主持人念出第一个名字：张定宇，我已着实被深深感动！这就是那个隐瞒自己身患绝症，却依然坚守在抗疫一线的"人民英雄"，相信每一位听到他的事迹介绍的人都会眼圈发红。当然，十一位闪闪发光的名字都值得我们永远铭记，但我还要重点提到一个人的名字——叶嘉莹。这位毕生致力于传播中国传统文化的女学者，她的出现，让我们看到了传统文化复兴的希望。我们的国学、我们的精粹，我们每个人都应大力传承！极不平凡的 2020 年，是因为有了无数个不平凡的英雄在危难中逆行，在逆境中坚守，以凡人之力书写着中国人的年度精神史诗。最后，让我们向他们真诚地道一声：谢谢你们！愿感动中国的每位英雄，都被这个世界温柔以待！

知命之年

2021 年 2 月 22 日

各位同学朋友，不停流逝的是岁月，匆匆荏苒的是时间！今天是正月十一，过了正月十五，年就算彻底过了。我们又站在了一个新的起点，辛丑牛年，对于我们来说都有着不同寻常的意义！有诗云："老牛明知夕阳短，不用扬鞭自奋蹄。"牛年我们更应有牛的奉献精神！有时我想，人的大脑能否像手机一样，把过去的一切，一键清零？有人说年龄不是纯粹的数字，而是人生的积累！50 岁之后我们应该更加豁达，更加努力！过几年退休了就让心归零，清空自己！在这里，我祝已经 50 岁的同学和朋友身体健康，万事如意；祝青年朋友和同事家庭和睦，爱情甜蜜；祝每一位同学朋友事业顺利，牛年更牛！

赏心乐事

2021 年 2 月 24 日

前些天信阳的气温高达 27 度，昨夜大风，今天的气温突然下降了十几度，预报说今天开始有雨了。可毕竟是春天了，再降温也未必有寒气袭人的境况了。前两天热的很不正常，才是正月十三，经常都是冷的。无论天气多么坏，带上自己的阳光就是一种豁达。只要心里充满阳光，生活就会积极向上，无论外界如何烟雨迷蒙，清者自清。生命是一场漫长的旅程，带上自己的阳光上路，就是一种智慧，就是一种超脱的情怀！我们用诗意的心灵去感受冷暖，用诗意的情怀去追寻自然，采一缕诗意芬芳的生活，激励人生，生活就能过成琴棋书画般的诗意，生命就能活成多姿多彩的诗意人生！

白首之心

2021 年 2 月 25 日

我有一位老兄，退休几年了，刚退时真的有些不适应。有一次他对我说："还是退下来闲啊！手机有时一天都不响一下。"在我看来，仁兄刚刚 60 岁，身体又倍好，还是干事的大好时候，就这样退了下来不仅个人心里有点失落，而且工作也还是正有经验的时候，退休还真是有点浪费了。生活安安静静，平平淡淡，这就是退休后的生活吗？说实话，延迟退休我现在还真有些理解了，60 岁就开始养老还真是有点太早，看看日本，70 岁的男人还在工作；在美国，80 多岁的男人还在竞选总统。今天的我们，不出门，能知天下大事；不用笔墨，可写锦绣文章；无须腾云，可在蓝天行走，无论你在大江南北，拿起手机我们就可以见面。退休了有的是时间，没钱转转周边景，有钱来个环球游，爱写字的天天写，爱画画的尽情画，爱唱歌的放声吼，爱跳舞的使劲扭……这都是退休后的生活！可毕竟身体还很健康啊，还是找点事干吧，如此，才能快乐向前！

阖家美满

2021 年 2 月 26 日

今天是农历正月十五，元宵佳节，祝我所有的亲朋好友节日快乐！元宵节又称上元节、元夕、灯节！今天虽说是传统节日，但没有法定假日。回想去年的元宵佳节，爱人因疫情被封控在郑州七十多天才得以回来与我团圆。中国人历来对"团圆"非常重视，今晚又是一年中第一个月圆之夜，所以几千年以来人们对正月十五非常重视。让我们一起嗅着新春的余味，带着亲朋的祝福，携着追梦的心灵，向着美好在春天前行！

梅雪争春

2021 年 2 月 27 日

　　几天前的夜里，信阳下了场小雪，虽然下得不大，但那却是场春雪。真是"眼见雪花落地无"啊！

　　这几天的气温像过山车，四天经历了四季。上个星期天到星期一是春夏，气温高达 27 度，星期二到星期三进入了秋冬，星期四到今天完全是冬天的景色了。生活中总有一些时光要在过去以后，才会深深地刻在我们的记忆之中。每一片纯洁的雪花，都是历经劫难才从天空落下，她带着深情，带着厚爱，更带着淡定和从容，飞舞着投入了大地的怀抱。生命中总会有一场雪，将一切烦恼和忧愁尽数驱赶，会将欣喜和爱悄悄传递！这是牛年的第一场春雪，也落下了满满的期待和希冀！祈愿这每一片雪花融化成甘露，滋润着这个牛年的春大！

烟花三月

2021 年 3 月 1 日

三月如期而至，一切又将是一个新的开始。二月虽说只有短短的二十八天，却让我们过了一"年"。感觉今天就是个新的起点，在春天的梦里，播撒着一年的希望；在春天的怀抱里，感受绿色的芬芳。四季不停地轮转，把日子转成了再也找不回的从前，我们无论身在何处，都是伴随着时钟行走的一粒弱小的微尘。所有涉世的悲欢，所有人生的感念，都是时间让我们懂得，都是经历使我们成熟。我们是很渺小，但我们必须让自己学会强大，成为逆流而进的强者！我们只要在春天里努力过、拼搏过，就会在下一个春天的回望中，自豪地说：无悔岁月，无憾人生，我们没有辜负这个春天！

换位思考

2021 年 3 月 5 日

记得去年夏天，我一个最好的朋友因为一件事情心中甚是不悦，便发信息与我理论，我让其学会换位思考。经过我的耐心说教，我这个好朋友竟然笑了，并对我说："本来我觉得自己有理，经你这么一说咋倒成你有理了。"

事实上，因为每个人的站位不同，所以每个人的认识肯定不一样。比如说，你是顾客，肯定会认为商家太暴利；你是商人，便会觉得顾客太挑剔；你开车时，希望行人遵守规则；你步行时，希望车主能够礼让；你打工时，觉得老板不近人情；你做老板时，觉得员工工作不积极……这就充分说明，一直站在自己的位置上看别人，所得出的永远都是片面的结论。

事实再次证明，真正做到换位思考、真心实意去考虑对方感受的人，才能创造良好的人际关系。如果人人都能做到换位思考，将心比心，多些理解、尊重、知足和放下，人生一定会多些成熟、轻松、幸福和快乐！因为生命，是一种回声。

所以说："敬人者，人恒敬之。"只有懂得换位思考、尊重别人，才能为自己赢来尊重。赠人玫瑰，手有余香；爱出者爱返，福往者福来。你眼中有我，我才更愿意为你考量。

源泉万斛

2021 年 3 月 8 日

有人问我：你每天都在写，有什么可写的呢？说实话，只要你用心感悟，每一天都不寻常。三月三号星期三，或许你认为今天很是平常，但我认为这"三个三"的日子本身就不寻常，感觉有一股向上的力量！其实，在人生的旅途中，只要我们不断地搏击进取，每一步都是实的，每一天都是新的。我相信每个人对生活都有着自己的理想与追求，都明白春播秋收的道理，春天本来就会迫使我们努力奋发，不断前行。让我们在平凡平淡的日子里，时时拥有一个行走在阳光下的好心境，去谱写春天的生命之歌，让自己在春天的每一天，都信心满满。只有这样，我们的日子才会如日中天；我们的生活，才会美好无限！

无龄感

2021 年 3 月 10 日

都说二十岁活青春；三十岁活韵味；四十岁活智慧；五十岁活坦然；六十岁活轻松。人生真的很短，一晃再有三年多我也到了"活轻松"的年龄了。是的，到了我这个年龄，就应该开始忘记年龄，静守灵魂深处的美好！我们只有一辈子，没有来生，唯有尽情活好这辈子，学会善待自己，珍惜当下的每一天。海明威说：优于别人并不高贵，真正的高贵，应该是优于过去的自己。不要计较自己的付出与收获，即便结果不尽如人意，最起码我们无悔于这个过程。花开在温室里和开在悬崖上是一样的，有没有人欣赏并不重要，重要的是我们的自我感受。严以律己，开心生活。其实，年龄这东西，不过是数字而已。真正到了六十岁，又是一个新的开始！

开笔写字

2021 年 3 月 14 日

今天是农历二月初二，二月二也叫龙头节！传说龙是掌管雨水，"龙抬头，填仓风雨顺"。自古以来，农历二月二就有太多的传说，龙王爷要在今天布下春雨，为大地洗去一冬的积霜与陈旧；小孩要在今天剃头，长大后会出人头地；大人要在今天理发，在新的一年就会顺顺利利；还有让小孩在今天开笔写字，长大后会识文断字。说到底龙是传统之物，是一种精神符号，承载着丰富的文化信息，对龙文化的审视与继承。我们从龙的身上，吸取的是包容与中和的精神，是昂首进取的锐气，是无所畏惧的刚猛之心，是能屈能伸的做事之道，我们还有什么困难不能克服，还有什么奇迹不能创造呢？

胜友如云

2021 年 3 月 16 日

我有位老兄说我的朋友多，让我尽量减少一些，仅留一些可以深交的、知心的就足矣！想想老兄说得很有道理，朋友多了势必要消耗更多的精力呢！可我最近又看了篇新闻，多交朋友好，现在是工作效率出彩的时代，无论有多少朋友在工作、在出差、在应酬，可总会有那么几个空闲的，因为朋友多嘛！

朋友不仅是一种财富，更有利于健康！因为和朋友交流是一种倾诉，在彼此的对话中，情绪会流动起来，心结会慢慢打开，心里没有郁结，人自然也就轻松愉快了。研究发现，朋友多的人至少可以延寿7年，一个人如果朋友多了，那么这个人性格也就外向了，这样的人心里不憋气，大大咧咧的没有什么烦心事。

一个人朋友越多，无聊的日子也就越少。朋友之间一起聊天、下棋打牌、爬山吃饭……这样的日子过得有声有色，人生自然也就丰富多彩！因此，此生做一个爱笑的人，多和爱笑的人在一起，你必将身体健康、幸福满满！

啧有烦言

2021 年 3 月 17 日

我有一个同事，人很好，工作也很努力：务实敬业，任劳任怨，踏实肯干。但不足的就是好抱怨：今天说孩子学习不好不听话，明天埋怨爱人没本事不上进……总而言之，他向外释放的全是负能量，在他看来，生活就像没有阳光似的。

罗曼·罗兰说：只要把抱怨环境的心情，化作上进的力量，便是成功的保证。实际上，抱怨就是一种毒品，它会摧毁你的意志、削减你的热情。生活再难，日子再苦，感情再痛，也请不要抱怨。要知道，天上从来不会掉馅饼。只有付出，才有收获。放下一切不必要的抱怨，坚强、乐观、积极、热情地生活下去吧！

别抱怨，就是对自己最好的鼓励！

释放压力

2021 年 3 月 19 日

昨天看了一则消息，说央视的一位主持人因工作太累、压力太大正准备辞职，年薪再高，也没有身体重要。

一辈子虽然很长，但也很短，工作再重要，也要休息；赚钱再重要，也要睡觉。人只能活一次，千万别太累。累了就歇，困了就睡，委屈就诉，烦了就说。人这一生，开心也是过；伤心也是过，疲惫也是过，轻松也是过。与其愁眉不展，不如露出笑脸。把心放宽一点，把事看淡一点；轻松生活就是对自己最好的善良！

春分传花信

2021 年 3 月 21 日

昨天早上写了日记后，才收到志军老弟发来的一个链接，方知 20 日是春分。春分不仅仅是春季的第四个节气，也是春季九十天的中分点，所以叫"春分"。虽说春天已过去了一半，但这几天风雨交加，寒意袭人，好像感觉不到春的气息。可前天的几声春雷，还是告诉我们春天真的来了。如今的人们，大都是在手机的微信中，才感觉到春天的信息，是手机图片，写满了桃花盛开。季节与温暖，只隔着一朵朵花开与手机的距离。

感觉每一个春天，我们都没来得及看到它抽新芽、发新枝，而朵朵桃花还是急不可待地绽放了。它开在了书画家的宣纸上；开在了诗人的字里行间；开在了我们每个人的手机中！只待暖风起，只等春花开。如果能开在每个人的心上，春风传花信，花开不知年，定是最美的绽放！

共挽鹿车

2021 年 3 月 22 日

前天早上，我一初中同学易兄给我发了个讨论情感的感悟文章，我读了之后感触颇深。尤其是这两年，我的爱人在郑州带孙子不在我的身边时，我体会得更深。在不在一起不是很重要的，最重要的就是两个人的心在一起。想想也是，真的没有一辈子的浪漫，只有一辈子的温暖；没有一辈子的缠绵，只有一辈子的陪伴。爱是病中的一杯热茶；爱是冷时的一件外套；爱是累时的一个拥抱；爱是无助时的一个依靠。别说爱情太简单，平淡相守才是最真的暖；别说幸福太遥远，只要用心感念，其实都在生活的细节里。爱，就是让一个人住进另一个人心里。简单的，只有思念，只有挂牵。幸福的，偶尔甜蜜，偶尔伤感。无欲无求，无关风月，只因心已相连；无怨无悔，无关距离，只因情已刻骨；爱到深处，是无言；情到浓时，是眷恋。不求彼此拥有，只愿一生相守。不求海枯石烂，只愿心灵相伴。最真的爱，是心灵深处的语言。爱，不求繁华三千，只求一心一意。爱，不求轰轰烈烈，只求不离不弃、真情永远！

45

其乐融融

2021 年 3 月 23 日

我有一个远在重庆工作的二哥，老六、老七也都在那里，每年兄弟几个基本都是结伴同行一起回来看望 90 多岁、依然健康的老母亲。看着那四代同堂、其乐融融的场景，周围的朋友与左邻右舍都非常羡慕：真是幸福的一家人啊！

说实话，什么是幸福？在很多人看来，不外乎是：在你困了的时候，有一张床让你安睡；在你饿了的时候，有一碗饭让你吃饱；在你冷了的时候，有一炉让你取暖的炭火……其实，这就是幸福，让每一个人都能拥有的幸福！

实际上，幸福有千种百态，我们无法去作详尽的解释，也没有具体的标准和答案。因为幸福就在我们身边，只是这些幸福太普通、太平常、大琐碎而已。所以，才常常被我们所忽略，不被我们去珍惜。在我看来，事实上，真正的幸福，就是一个懂得珍惜当下、珍惜平常、珍惜现在拥有的人。如此才是一个真正幸福的人！

习惯改变性格

2021 年 3 月 25 日

都说人生最难改的是习惯，在我看来也不尽然。比如我有两个同事，过去上班经常迟到。在大家看来，他们上班经常迟到已经成为习惯了，但后来通过领导谈话和制度的约束，现在不仅上班不再迟到，而且还经常早到十分钟。

事实上，一个人的习惯往往是一个人性格的缩影，但如果已经成了习惯，改起来真的相当困难。实际上，想要把一个不好的习惯改掉，你可以先从养成一个好习惯开始。比如说，上班经常迟到的人，就要学会早起；不大爱跑步的人，先尝试着去散步；等等。就我自己而言，我晚上泡脚的习惯已坚持了近十年之久；如果没有特殊情况，我都习惯走去上班。有人说过，起先是我们养成习惯，后来是习惯造就我们。

一个人最终会有怎样的人生，很大程度上取决于他拥有怎样的习惯。身上的好习惯越多，恶习也就越少。那么，我们的人生就会越来越美好！

熙熙融融

2021 年 3 月 27 日

今年大年初一早上，我接到一个远房亲戚打来的电话：表兄妹两人一起在他家过除夕时，据说是表妹开门迎接表哥的时候，说话极其难听，两个孩子为此闹得不可开交，进而引发大人在亲戚群中发文痛加指责。这件事让我感悟很多……

记得在一次访谈中，主持人杨澜问作家周国平："为什么我们都把好脾气留给外人，却把坏脾气留给最爱的人？"周国平回答说："这个错误我也常常有，对亲近的人挑剔是本能，但克服本能，做到对亲近的人不挑剔是种教养。"生活中，我们和不同的人相处，都会展现不同的态度：在陌生人面前，是规规矩矩有礼貌，疏离中常常带着客气；同学同事之间，可以开几句熟络的玩笑，但始终不能失分寸；在普通朋友面前时常嘘寒问暖，亲近但不亲密；而在自己最亲近的人，尤其是在父母面前，便完全暴露无遗。事实上，我们的家人，才是与我们在这个世界上相伴最久的人啊！所以说，对待家人的态度，便藏着一个人最真实的教养！

和气致祥

2021 年 3 月 31 日

昨天我在日记中写道：说人在外人面前说话和气，而对自己的家人言语刻薄。其实，仔细想想，很多时候，人在外面受了委屈或受了一些打击，他们不好意思向外人发泄出来，只好回来对自己亲密的家人发泄。可他们根本就没想过在家人面前同样也需要克制，再亲密的家人也不意味着你可以去伤害。俗话说：脾气人人有，拿出来是本能，压下去才是本事。比如说，胡适的妻子江冬秀是个出了名的大脾气，外号人称"母老虎"。可每次江冬秀发脾气大喊大叫时，胡适就借口去洗手间漱口而走开，避免发生正面冲突。胡适曾在《我的母亲》中写道："世间最可厌恶的事，莫如一张生气的脸；世间最下流的事，莫如把生气的脸摆给家人看。这比打骂还难受。"

对此，胡适说到做到，从不给妻子和家人一张生气的脸。

其实，和颜悦色，是深爱的外部表现，真正有教养的人，是把好的情绪留给家人；因为我们自己的家人，是最应该也是最值得被温柔以待的啊！

潜心涤虑

2021 年 4 月 5 日

去年十二月份我就曾写日记说，鸡公山酒业公司的老总朱耀辉先生，在他酒厂发展的鼎盛时期，就有不少人劝他转行做当时炙手可热的房地产业，但都被朱总断然拒绝。他说："我这一生，只把我所热爱的酒业做好就已足矣！"因为耀辉老总深深地知道，人生的目标在一个人的一生是非常重要的啊！

事实上，真正拉开人与人之间差距的不是情商和智商的高低，而是能否认清自己的目标。明确自己真正想要做什么，才是成功的关键。比如，任正非在创建华为初期，并非只有科技这一条路可选。那时候，房地产和金融投资等行业都处于红利期，短期内就能获得惊人的效益。曾经有人建议他换个方向，但都被他毫不犹豫地拒绝了，一心一意地坚持最初的选择，只走技术这条路线。也正是靠着这种清醒的认知和不为外物所动的坚持，他才能带领华为一步一步地走向世界！

有句话说："人最难走的是心路，不忘初心很难，而坚持初心更难！"人生这条路，会有无数条岔路，若一朝不慎，就有可能走偏；唯有认清、认准自己的目标，才能在正确的道路上越走越远！

家给人足

2021 年 4 月 7 日

昨天晚上与朋友小聚时，一位老乡对我说，他有个同事，天天不好好上班，总觉得生活无聊乏味，没有任何激情可言。

其实，我很喜欢一句话："人之一生，可以活成柴米油盐酱醋茶，也可以琴棋书画诗酒花；你的气质里，藏着你的追求和选择。"说实话，过日子难免会有枯燥和乏味的时候，可内心有追求的人，总能不败给时间、败给世俗，永远把生活过得热气腾腾！林徽因就是这样一个人。抗战时期，北平沦陷后，林徽因和她的家人开始了长达 9 年颠沛流离的生活。但无论生活多么的艰难，在租住的出租屋里，她都尽量把房间装点得温馨舒适；头发也一定天天梳洗，衣服也要精心搭配。有句话说得好："生活有时很迷人，有时也很讨厌；你若崇拜它万种风情，它就会把你宠得热气腾腾，颠倒众生；你若整天活得无聊透顶，它就会把你一拳击倒，再踩上两脚。"

事实上，你的气质里藏着你对生活的态度。如果你有所热爱，有所期待，那么，再简单的生活也会过得活色生香；如果你对生活有一颗火热的心，那么，任凭时光怎样摧残，它也会永远熠熠生辉！

宋才潘面

2021 年 4 月 10 日

人们常说，一个人的心灵美才是最美的。这话说得很对，但这并不代表做人就可以完全不注重仪容仪表啊！事实上，外表才是一个人的第一张名片。杨澜曾经说过："没有人有义务必须透过连你自己都毫不在意的邋遢外表去发现你优秀的内在。"因此，做人还是要讲究外在美的。比如过去我们敬爱的周总理，他无论接待任何来宾或会见朋友，都是把面修得干干净净，衣服穿得整整齐齐。所谓的外在美，未必是华服裹身、珠光宝气、浓妆艳抹，但一定要干干净净、清清爽爽。

因为外貌洁净是人区别于动物的鲜明标志。就如《弟子规》中所言："冠必正，纽必结；袜与履，俱紧切。"意思就是说：帽子要端正，穿衣服要把纽扣扣好；袜子和鞋子都要穿得平整，鞋带要系紧。只有这样，全身仪容才整齐，可见，中国的传统文化中，注重仪容仪表是最基本的礼仪。

干净的仪表，不仅可以让自己显得赏心悦目，而且会给别人带来如沐春风之感，这也更是对他人最起码的尊重！

忘怀得失

2021 年 4 月 14 日

昨天下午近五点时，我正在办公室里整理学习笔记，忽然接到 ZZ 老兄的电话，电话里我俩交流了有十多分钟，可聊的最多的还是我俩共同的一个老弟的事情。老兄一直认为我这个老弟不仅工作能力强，而且品学兼优、一生清廉、两袖清风，应该调去个更好的位置加以重用才好，否则，有些可惜，也有些遗憾。

其实，人生中，得与失也就发生在一念之间。到底要得到什么？到底要失去什么？仁者见仁、智者见智。在这个看似短暂的人生之旅中，得到或是失去又何妨呢？事实上，得不到已经失去的固然可贵，可这并不是最珍贵的，最珍贵的应该是把握好现在手中已经拥有的幸福！随着年龄的增长、阅历的丰富，我们就应该随着时间来调整自己的生命点。因为失去了绿色，却得到了丰硕的金秋；失去了太阳，却换来了满天的繁星！

如何面对人生中的得与失，这恐怕是千百年来许多人苦苦思索的。真的，该得到的不要错过，该失去的洒脱地放弃，千万不要太在意。拥有的好好珍惜，失去的不说遗憾！只要看淡了一切，便有了生命的释然！

桃花潭水

2021 年 4 月 15 日

多年前，我一向内敛、涵养素质都极高的 LZ 老弟就与我说过，无论我们在信阳市还是息县，偶尔应该聚一下，再邀上 ZJ 老弟我们三个，要么在小南门喝碗羊汤，要么就是找个僻静的小馆叫两个小菜，这才是真的同学和朋友！周国平曾说：我心中的朋友，既非泛泛之交的熟人，也不必是心心相印的恋人，这程度当在两者之间。

其实，真正的朋友是：真心无音，大音希声，即使不曾常见欢，即便不曾常联系，那些一起曾经的人和事，一刻都不曾忘记。曾经一起走过的欢乐时光，涓涓铭记于心。真正的朋友，相遇没有早晚，有心同，有语暖，有美好，是心灵的伴。

朋友若茶，看似清淡，可散发出来的香味却是值得久久回味、历久弥香。不必每天相约，更不用每天在同一个圈子里相处，但只要想起来时，嘴角里便会泛起淡淡的微笑。如此，足矣！

画荻教子

2021 年 4 月 17 日

有不少学生家长，经常对我说孩子在学校的教育问题，而实际上，父母才是孩子最好的老师。事实上，趁着孩子还小的时候，父母就要教给他们一个正确的处事观点，这才会使孩子将来有个快乐的人生！

有一种修养叫"勿以身贵而贱人"。意思就是说，小的时候就要教育孩子不要因为自己的出身而仗势欺人，帮助孩子树立正确的价值观。不要因为自己家庭条件优越一些，从小就纵容孩子目中无人，让他们染上捧高踩低的恶习，将来孩子真的犯了大错，就无法挽回了。如果能把内在谦恭的美德变成外在彬彬有礼的气质，就能使孩子受益终生。

教育孩子在长大成人后，无论在任何时候，不仅不要抬高自己，更不能贬低别人；只有尊重别人，才能得到别人的尊重！

生命在爱好里绽放

2021 年 4 月 19 日

有人说懂得欣赏自己的生活，才能让自己活得随心所欲！昨天晚上，跟几个退休的老领导吃饭，他们都认为，每个人退休以后，必须要有自己真正的爱好，才会活得有滋有味。因为我们喜欢做这件事情，比如钓鱼、养花、写字，等等，我们就会被事情的美好所吸引。实际上，退休的也好，还在上班的也罢，真正快乐的人，大多是那些忙碌而又充实的人；更是那些在自己的能力范围内乐于助人的人。无论是钓鱼、养花、写字还是工作，只有把每天的时间都安排的满满，才会感觉到幸福和有自我价值的体现。

古道热肠

2021 年 4 月 22 日

经常在朋友圈里，看到很多人为我每天写的日记点赞、评论……说实话，我很感激！在此，一并表示衷心的感谢！谢谢你们的关心和支持！其实，这个世界上每一个人都需要掌声。

因为掌声不仅是一种肯定，还是一种鼓励，更是一种尊重！

记得我有一年出差去北京，在火车站附近，遇到一个街头卖艺的小伙子。他的琴声悠扬、悦耳动听，当时吸引了不少行人。我和围观听曲的人纷纷向他罐里丢钱。不大一会儿，钱罐就装满了，但卖艺的小伙子脸上并没有一丝欣喜的表情。此时，站在我身边的一位中年男士便问他的同伴："他已赚到不少钱了呀，可为什么不高兴呢？""也许他需要掌声吧。"他的同伴脱口而出说了一句。此时，围观听曲的人们似乎明白了什么，大家随即热烈鼓掌。果然，卖艺的小伙子黯淡的脸上慢慢绽开了笑容，眼眶里溢出了感动的泪水。

其实，钱只不过是别人因可怜他而给予的一种恩赐，而掌声才是对他人生经历的赞许和鼓励！在人生的路上，我们曾经给过很多对别人的赞誉，也给过很多对别人的奖赏，可为什么不去多给别人一些掌声呢？要知道，你的举手之劳，或许正是别人真正的需要。因此说，请不要吝惜你的掌声，因为它会给别人带来快乐！

助人为快乐之本

2021 年 4 月 26 日

在日常生活中，我们会经常听到这种声音：谁谁乐于助人，谁谁在关键时刻拉了谁一把……其实，一个人的最大价值，从来不是拥有多少财富，而是能给予别人多少帮助。

古话说得好："与人为善，与己为善；与人有路，与己有退。"要知道，人生，没有哪一个人都是坦途，总会遇到坎坷难行的时候，谁都希望能遇到帮助自己的那个人。不知大家对我国著名的音乐人、导演高晓松有无印象，他在中年的时候，曾有过一段捉襟见肘的日子。这个时候，他找到了曾经的好友朴树，并发短信张口向他借 15 万，而朴树在收到短信后，只给高晓松回了两个字：账号。正是这 15 万，帮助高晓松度过了人生最大的难关，使他在以后的事业中风生水起。

其实，助人，是一种关怀；而善良，是一种情怀，是人性中所蕴藏的一种最柔软，但却也是最有力量的情怀。你如果付出了善良，或许不会马上得到回报，但一定会在今后的某一个另外的空间节点上给你加倍弥补。

好朋友就像是星星

2021 年 4 月 30 日

昨天上午，在距第 29 届信阳茶文化街开幕式还有 20 分钟时，我忽然接到文友郑君的电话，说他已经到信阳市了，马上就要出现在我的面前。我俩是在二十年前省文联举办的一次文学笔会上认识的。郑君后来对我说，咱俩是缘分啊！那次笔会他差点没能参加，原因是他所在的单位领导不给他假，后来还是有个领导出面发话才放行的。否则，错过那次笔会或许我俩这辈子就不会相识呢。初次见面，我俩就有似曾相识的感觉。认识当天，我俩就谈到了凌晨近两点，总觉得有说不完的话。所以说这就是缘分，所以才有了我们以后的相知与相识。说实话，我俩应该有 7 年没有见面了，但这并不影响我俩的相知之情。

正如古人所说："与君初相识，犹如故人归。天涯明月新，朝暮最相思。"人们都说，世间的一切皆是遇见。风遇见了云便有了雨；雪遇见了冬便有了岁月；人遇见了人便有了生命。当注定要与遇见的人相遇，总会有一种曾似相识的感觉。就像贾宝玉初见林黛玉时说的："这个妹妹，我曾见过的。"

真的，缘分是一种妙不可言的东西，它就像掉在沙发上的一粒纽扣，当你努力想要去找它的时候，却怎么也找不到；而当你开始慢慢忘掉了，它却又出现在你的面前。这种感觉，我想就是"众里寻他千百度，蓦然回首，那人却在灯火阑珊处"吧！

娇生惯养

2021 年 5 月 1 日

近日看了一则消息：十天前，我市某高中一名学习成绩十分优秀的二年级理科生，纵身一跳结束了生命。这到底是谁之过呢？

其实，老师只是传道授业解惑者，而家长才是孩子一生的影响者啊！现如今，许多家长都忙着工作、忙着事业，外出打工把孩子扔给爷爷奶奶或姥姥姥爷，扔到学校交给老师，然后什么都不管了。他们缺少管教，更缺少父爱母爱；他们被爷奶溺爱，不能受半点委屈，否则，就走向极端。在家长看来，孩子的好与坏都是老师的问题，这个观点是极其错误的。事实上，无论多好的学校，多好的老师，在孩子的心目中，父母的位置是任何人都替代不了的。

我们一定要明白啊！教育好自己的孩子，不仅仅是老师的事，更是你自己这辈子最重要的事业！

乐善好施

2021 年 5 月 3 日

每年春节，我回老家与母亲过节时，总记得买两箱鸡公山酒回去，给我本家的叔伯和兄弟每家送两瓶，他们感激，我也快乐！

其实，我们的生命中，总有一些人，萦绕于心头挥之不去；总有一些事，念念不忘铭心刻骨。正是因为有了这些人、那些事才组成了生命的点点滴滴。这正如我国著名的作家、翻译家、社会活动家巴金所言："生命的意义在于付出、在于给予，而不在于接受，也不是在于争取。"因为给予不仅是一种品格、一种境界、一种优雅，而且也是一种智慧。它就像是一米阳光，刚刚暖、恰恰好。但是，我们要为值得的人给予，为正确的事付出，这样的一生才显得珍贵而有意义。

因为那些你给予别人的甜，最终会化为希望与温暖，永远照亮你前进的方向！

搬口弄舌

2021 年 5 月 5 日

前不久，我的一位老兄对我说，有一次他跟某个人通电话时，简单的说完事情后便以为电话挂了，岂料，对方依然和他的爱人在说话，老兄也不吭声，静静地聆听对方到底在说什么。这一听不当紧，原来在电话那头，夫妻俩正在说老兄的"不是"。而让我总也想不明白的是：我们每个人都与人为善、和睦相处不好吗？为什么总是有人喜欢在背后说三道四、言人是非呢？试问：天天张口闭口说别人"不是"的人，自己就真的那么好吗？我看未必！因为"金无足赤，人无完人"嘛！

其实，这个世界上，每个人都有自己的了不起！不需要一张对别人评头论足、挑剔的嘴巴，只需要一双去发现美的眼睛。事实上，懂得欣赏别人的人，才能看到生活的美好。我曾经在网上看见一篇文章，文中说某大学教授在课堂上做过一个实验：他拿出一张白纸粘在黑板上，在白纸上点了一个黑点，他问同学们看到了什么，岂料，同学们都异口同声地说"一个黑点"。于是，教授对同学们说："你们为什么没有看见这张白纸呢？其实，这张白纸都是优点，你们为什么总是盯着人家的一个缺点呢？"没有一百分的一个人，只有五十分的两个人。这个世界上可供你欣赏的地方很多，为什么有些人总是要盯着一个缺点不放呢？

只要我们学会自己欣赏自己，每天送给自己一个微笑，又何愁没有人生的快乐；学会欣赏别人，多给别人一声问候、口吐芬芳，又怎么会没有其乐融融的人际关系呢？

蔼然可亲

2021 年 5 月 7 日

　　不知平时大家注意过没有，很多时候，我们有很多人时常对我们的父母、伴侣、孩子以及其他亲人大声呵斥，并且觉得这是很正常的事情，真是奇哉怪也！

　　我们常常会说：好脾气都留给了他人，而坏脾气却留给了家人。其实，这从心理学上来说，也算是很正常的事情。可是，如果一个人在对待自己最亲近的人时，也能保持涵养，做到和颜悦色，那么，这个人一定有着很好的修行。记得《论语》中有一章写道：子夏问孝。子曰："色难，有事。弟子服其劳，有酒食，先生馔，曾是以为孝乎？"这意思就是告诉我们，对待我们的父母，最重要的是态度，而最难的也是态度。古语说："人生若只如初见。"这就是说，对待不熟悉的人，我们往往能保持一个良好的态度，所以，无论亲密程度如何，我们都要尽量和颜悦色，万万不可任性而为。

　　因此说，对待身边最亲密的人，能做到说话和气，不急不躁，谦逊有礼，那么，他们多半一定都是受过良好的家庭教育，也定是一个有责任心、有担当的人，更容易让别人欣赏和信任！

炊金馔玉

2021 年 5 月 12 日

前天从网上看到一则消息，说一个会做饭的人值得深交，因为他们做的不仅仅是饭，更是一种温暖。这话我信，因为我有一位老兄，自己在政治上早已官至正处，而他在生活上却还着着实实会做一手好饭，尤其是芝麻叶面条，那在老乡的朋友圈里是早已出了名的好！每天早上，老兄还都给我在微信里晒他做的营养早餐，那真是叫作一个好啊！

都说做饭最讲究分寸，火候不到众口难调；火候一过饭菜易焦。事实上，一个认真做饭的人，最懂得分寸的把握。自称"平生只为口忙"的苏东坡，曾在《猪肉颂》中写道："净洗铛，少着水，柴头罨烟焰不起；待他自熟莫催他，火候足时他自美。"这意思就是说，用虚火慢慢煨炖，火候足时自然色香味浓。东坡肉之所以肥而不腻，入口即化，关键就在于火候的把握。

人生因相遇而美好，朋友因相知而情深。一顿好的饭菜，其实就是一段善缘。实际上，一个能认真做饭的人，为人处世更遵循一个"度"字。跟这样的人做朋友，该是莫大的福气啊！

磁场效应

2021 年 5 月 15 日

关于人与人之间的相处，我很认同一句话：说三观相同、频率相似的人，即使翻山越岭，也终会相聚在一起；而磁场不合的人，即使朝夕相处，也终究不是一路人。有些人，第一次见面，不需要了解，凭直觉就仿佛是相识多年的老朋友；而有的人，再怎么了解，再怎么联络，都绕不过心灵的隔阂；有些人，即使说了千言万语，还是免不了觉得生分；而有的人，即使相见不言，也觉得异常温暖。

因此说，磁场相同的人，在心里都会有某种特别的默契：一个眼神，一个表情，一个微笑，他（她）都能懂。所以说，漫漫人生路，要是有一位磁场相同的爱人，有几位磁场相同的朋友，便是最大的幸福。

濠上之乐

2021 年 5 月 18 日

昨天上午，我跟一位老乡约好下午 3 点半准时在一个地方会合商量点事情。结果，直到下午 4 点 40 分，我这位老乡才满头大汗地走了进来，离我俩约定的时间足足晚了 70 分钟。

说实话，我们每天都忙忙碌碌，不仅要忙于工作，忙于生活，忙于事业，而且还要忙一些琐事和俗务。就是这些事情充斥着我们的人生！事实上，这种忙忙碌碌，显得没有空白的人生，永远都不会有心灵的宁静和精神的愉悦。在这个世界上，生活的艺术，有时就是一门空白的艺术。

实际上，我们每个人的生命都有无数种形式，过自己喜欢的生活就是最好的活法。因此，在人生的旅途中，无论多忙，也不管忙些什么，我们都要学会享受生命，坚持寻找心中最让自己舒服的一种活法才是最好的啊！

越挫越勇

2021 年 5 月 21 日

上小学的时候我们就学过："失败是成功之母。"要想成功必先"苦其心志，劳其筋骨，饿其体肤……"事实上，成功是一位最具贵族化色彩的天使，它总是与自信者同步，如果成功一旦在自信者身边降临，它就会再度光顾。其实，成功的大门都是虚掩着的，真的没有像我们想象的那么神秘！只要你勇敢地去叩，成功便会热情地迎接你。

实际上，成功的秘诀就在于你抓住目标不放手。失败者之所以失败，就是因为他们毫无目标；成功者之所以成功，就在于他们从不因为别人说他的理想不能实现而彷徨。成功的大小都是以你渴望的程度来衡量的，当你的目标确立后，只要你有这样的决心，那么，成功的天使就一定会冲你微笑。成功是无数次失败的结晶，自古以来，这种例子不胜枚举。

在我看来，成功的人都是跌倒后，比别人多爬起来一次的人，要想成功你必须要有这样的胆量；孤独中，能无畏失败的恐惧；人群里，能无视鄙视的目光。如此，我们每个人距成功的彼岸还会远吗？！

欲壑难填

2021 年 5 月 25 日

古人曾说："得饶人处且饶人。"而今人也常说："多个朋友多条路。"这些话，就是在告诉我们一个人尽皆知的道理：就是我们在为人处事上，一定要宽容大度，凡事要以和为贵！

我曾经看过一篇文章，说一位曾经担任过领导职务的老同志，在退下来之后，一次与儿子聊天，儿子问他："爸爸，您在职时负责过组织工作，怎么把过去一些整过你的人还考核提拔重用了呢？"父亲回答说："那都是过去的事了，不能老揪住人家的辫子不放，看人重要的是看人家的水平和能力，同时，对人应该宽容嘛！"儿子竖起大拇指称赞老爸："都说宰相肚里能撑船，我看您这肚里可以过航母了呀！"父亲听罢哈哈大笑。

其实，我国历史上就有许多有识之士，都主张待人处事要宽容。记得有位古人说过："惟宽可以容人，惟厚可以载物。"因为宽容厚道的心态，可以使人心胸开阔，能容纳周围众多的人，也包括意见不相同的人。如此，才能团结、和睦相处，共同把工作做得更好。

事实上，宽容是相互的，你待人宽容，才能得到对方友善的回应，这就是《诗经》里说的："投我以桃，报之以李。"所以说，我们每个人都应该把心中的那朵花慢慢地绽放，让它生出五彩缤纷的花朵，让自己做一个既宽容又有责任心的人！

世风日下

2021 年 5 月 28 日

这几天，关于商城县有位老人摔倒在路边无人敢扶的贴子上了热搜。消息称：2021 年 5 月 20 日，信阳市商城县有一位老人摔倒在路边，他拄着拐杖，两眼昏花，甚是可怜！而现场围观的人很多，但却无人敢走上前去扶起老人。在这个时候，有一位女士走上前去对老人说："老人家，都没人敢来扶你，我扶你起来吧，你可别讹我啊！我已经拍了视频，以免引起不必要的麻烦。"

小的时候，老师就一直在教我们，要乐于助人！尽可能在别人需要帮助的时候施以援手；赠人玫瑰，手有余香！可是现在，有很多人在关键的时候却迟疑了，这不是因为他们没有助人为乐的精神，而实在是害怕被讹诈啊！据报道，前不久省会郑州两位少年就因扶摔倒的老人遭到讹诈。好在最后在社会各界的关注下，终于还两个孩子一个清白。

从这起事件我们不难看出，我们不仅要大力弘扬中华民族乐于助人的传统美德，为两位少年点赞绝不能让善良的人心寒。同时，我们也要看到因为老人及他人道德的缺失，在社会上造成了一定的负面影响。然而，直到现在，对于类似于老人摔倒"扶"与"不扶"的情况还一直众说纷纭。但最后肯定的还是"扶"！因为扶起来的不仅仅是我们社会的精神文明，同时扶起来的也是我们中华民族的公序良俗和传统美德，扶起来的更是我们华夏儿女每一个人的世界观、价值观和人生观啊！

举案齐眉

2021 年 5 月 30 日

不知平时大家留意没有，很多人经常会说：我那口子，恋爱时对我多好，让他干啥就干啥，可结婚后，根本不把我当回事了。还有的说：刚结婚时多有激情，可现在，什么感觉都没有了，就像左手摸右手，等等。

或许我们都有这样的感受，过去我们把爱情都想得太过完美，总是觉得爱情充满唯美与浪漫、欢笑与泪水；总希望自己的恋人美得像童话里的白马王子与白雪公主：有着高贵与典雅、温柔与智慧、聪明与美丽。这种幻想未必不可，但我们毕竟不是生活在童话里，面对的是锅碗瓢盆交响曲，在一起久了就应该要有现实主义的爱情观。因为爱情终究是要两个人朝夕相处的，所以，我们必须要学会去经营我们的爱。但是，经营爱可不是像交易市场那样去赚取利润，而是要用心去呵护爱的根基。因为我们的每一段爱情，都像日积月累的建筑一样，它需要用每一分宽容、每一分真诚、每一分感动去为它增砖添瓦。

其实，每个人都有私密的一面，爱人也有不可分享的东西和隐私，我们都应该去理解和包容对方。给彼此留一点点私密的空间，让彼此有整理私密的心情。两个人相爱或许是越爱越浅，但彼此间的情意一定是越来越深、越来越浓的。爱的久了，爱情就成了融入彼此血液的亲情了啊！虽然说有时候没有言语，但是彼此早已有了心灵的默契。爱的久了就应该懂得爱的珍贵，没有谁的感情会永保激情，所以，爱情一样会在经历狂热之后慢慢退热，但我们一定要把爱情当作氧气来呼吸。绝不能把爱情当作游戏，只寻求片刻的快意。当两个人在一起久了，双方都应该去开拓新的话题或者去培养共同的乐趣。只有这样，我们的爱才能够永远充满活力！

关心民瘼

2021 年 6 月 2 日

　　昨天上午十时左右，我正在办公室里整理党史笔记，突然有位朋友给我发来一条链接：家住平桥区胡店乡、年仅 6 岁的邱依娜，在 2020 年 10 月 4 日这天在姥姥家吃火锅时，在添加酒精的时候，因酒精壶发生爆炸，孩子瞬间被大火包围成了一个小火人。事情发生后，孩子从信阳市中心医院治疗直至转至河南省人民医院继续接受植皮等多项治疗，前后已花去医疗费用 60 余万元。据小依娜的主治医师介绍，后续医疗费用至少还得 40 万元。现在，小依娜的家人把亲戚朋友能借的全借了，实在没办法才发文寻求好心人捐助并帮忙予以转发链接。

　　赠人玫瑰，手留余香。看完链接后，我第一时间为小依娜捐款 200 元，然后把这条链接发至朋友圈并分别转发给多位好友。也许，在你看来这是微不足道的一点帮助，可这却会给小依娜的家人带来雪中送炭的温暖啊！事实上，这种帮助与被帮助的双方都会同样得到快乐！本来，互相帮助就是我们中华民族的传统美德，我们每一个人理应把这个传统美德传承下去并发扬光大！让我们的爱心洒遍世界的每一个角落！只要人人都献出一点爱，世界会变成美好的人间！最后，祝小依娜早日康复、重返校园！

疾病相扶

2021 年 6 月 5 日

昨天早上，关于平桥区胡店乡的邱依娜发生意外，重度烧伤，需要得到社会各界爱心人士施以援手予以帮助的事情，我写了篇短文，没想到，日记发表后点击量如此之高！这就充分说明，我们这个世界上，好人多，乐于帮助他人的人更多。

其实，人生就像一支蜡烛，在照亮了别人的同时也照亮了自己。当我们以无私的精神奉献自己、帮助他人的时候，我们也从中收获甚多。事实上，生活就是这样，不要等到想强作优雅的时候才露出笑容；不要等到想得到的时候才想到付出；不要等到别人指出来时才想到自己错了；不要等到腰缠万贯时才准备帮助别人。因为，除了爱之外，这个世界上最美丽的动词就是帮助（也可以做名词用）！

即使是一点小小的爱心行为，只要我们能从自身做起，帮助别人，把爱洒向生活在我们周围的人，就一定也会把快乐留给自己。因为，我们的生命之歌，因帮助而动听；我们的生命之河，因帮助而不干涸；我们的生命之光，因帮助而永不熄灭；我们的生命之诗，因帮助而流光溢彩！

一"网"情深

2021 年 6 月 8 日

一些网友认为网络是虚拟的，在线上认识的人基本上都不是什么好人，对此，我是极力反对的。比如说，你的同学、你的邻居或者是你的亲戚，这可是你认识了很久的人吧，但你敢保证，这当中每个人都是那么完美无瑕吗？

事实上，人与人只要有缘分，无论是在网络上还是在生活中，只要相遇了就十分难得。而网海之中可以成为好友或知己的更是一种美好的缘分……也许这当中很多网友不曾相见，但彼此心与心的交流即是一种真情的体现；虽然彼此不曾谋面，但是，从一个人的空间里就能看出一个人的人品。每一个好友都有本人不同的心声，而大家可以在空间相遇，可以用文字去交流、去问候、去祝愿，这又何尝不是一种款款的真情呢？

其实，人啊，无论在什么场合相遇了，最重要的就是情感和友谊。假如彼此不注重友谊和情感，都以虚拟相待，认识了又有何意义呢？即使缘分让我们今生在网络上相遇，大家都要坦诚相待。也许网络是虚拟的，但加了好友就应该是真诚的，彼此应该用心去交流。

有很多网友，我们虽然看不到对方的容貌，观赏的只是对方漂亮的文字，可这种交流却大大超越了生活中的相交。说实话，网络着实是一个公平的交流平台，在这里不仅能够展示你的才气，而且更能够让你抒写生活中的真善美啊！

寒耕暑耘

2021 年 6 月 10 日

昨天的日记发表以后，我才收到朋友发来的链接，方知 6 月 5 日是芒种。所谓芒种，就是二十四节气中的第九个节气，也是夏季的第三个节气。芒种的"芒"，就是指有芒植物的麦子该收割了；芒种的"种"，就是指谷类作物到了播种的时候。"芒种"就是指"有芒的麦子快收，有芒的稻子可种"。

其实，我们的人生也就如芒种一样，同样需要种人品、种能力、种素养、种修为。到了收获时节，才能收人缘、收事业、收品质、收幸福！那么，我们人的"芒种"的品质到底是什么呢？那就是心中有修养、有理想、有胸怀。因为没有理想就没有方向，而胸怀宽广、虚怀若谷，便包含了一个人的大度与容忍，使我们在不平坦的人生道路上多了一份淡定与从容。

屈志从俗

2021 年 6 月 14 日

今天是端午节。关于端午节的来历，有多种说法：有说纪念屈原的、有说纪念伍子胥的、也有的说是龙的节日、还有恶日说、夏至说等。而最为大家所熟知的说法还是关于我们伟大的爱国诗人、政治家屈原的。

屈原不仅仅是爱国诗人，更是一位杰出的政治家。他十几岁时就当了左丞相，主张对内举贤任能、修明法度，对外联齐抗秦，深得楚怀王的厚爱与重用。然而，朝中部分奸臣心生妒忌，他们联合起来告屈原的黑状，最终楚怀王把屈原给流放了。

就在屈原被流放后不久，他就得到一个不幸的消息：自己的国家被敌国占领，黎民百姓流离失所、苦不堪言，屈原感到报国无门，便投汨罗江自尽了。老百姓听到这个消息后，便赶紧划船在江里打捞屈原的尸体，很多人包粽子投进江中，就是不让鱼鳖虾蟹吃掉屈原的尸体。这就是现在我们在端午节要吃粽子的原因。

开天辟地

2021 年 6 月 18 日

经常有朋友问我，什么是"上下五千年"。众所周知，只要我们一提到中国就说上下五千年，历史悠久，有五千年的文化。就像刘德华的《中国人》里唱的那样"五千年的风和雨啊藏了多少梦"。

大家肯定会问，中国历史为什么是上下五千年呢？这究竟是怎样计算的呢？其实，"五千年"最早的说法是出于清朝晚期。当时著名诗人黄遵宪的《逐客篇》中有诗句"轩顼五千年，到今国极弱"。"轩顼"就是指轩辕和颛顼。当时人们计算历史是从三皇五帝开始，认为是五千年。然而，这一说法现在得以认可和流行，其实是源于著名语言学家、教育学家林汉达和现代作家曹余章先后编著的国内第一本少儿历史通俗读物《上下五千年》。

这本书于 1979 年出版，主要参考了司马迁的《史记》和其他典籍，讲述了上至三皇五帝，下至辛亥革命的中国历史。

巾帼奇才

2021 年 6 月 25 日

6 月 17 日（周四）上午九点半，在我台举办的"女职工经验分享活动"中，大活动部王主任讲了一个故事。当听了张桂梅老师的事迹，了解了华坪女子高中的创办过程，我很受感动。

云南省丽江市华坪女高创办至今已有十二年。这二十年中有一千多名女学生走出大山上了大学。佳绩频出之后，校长张桂梅的身体却每况愈下。她说："听到学生们毕业后能为社会做些贡献，我觉得值了。"张老师始终坚持知识能改变贫穷，改变命运，而女孩子接受教育则能改变三代人。为人师，为人母的张桂梅用自己柔弱的身躯撑起了山里的一片天，给贫困的山里的娃儿们想方设法创造了接受教育的机会。她拖着带病的身体，一次次走进大山，用自己的真情说服家人，把孩子领进学校接受教育、改变命运。用自己的实际行动诠释了一个共产党人的初心使命！

正如感动中国 2020 年度对张桂梅的颁奖词总结的那样："张桂梅，灿烂的山花中，我们发现你；自然击你以风霜，你报之以歌唱；命运置你于危崖，你馈人间以芬芳；不惧碾作尘，无意苦争春；以怒放的生命，向世界表达倔强；你是崖畔的桂，雪中的梅。"

最后，祝愿华坪女子高级中学越办越好！祝张桂梅老师工作顺利、生活幸福、身体健康、万事顺意！

金榜题名

2021 年 6 月 28 日

6 月 24 日下午，河南省招生办公室发布河南省 2021 年普通高招录取控制分数线。本科一批：文史类 558 分，理工类 518 分；本科二批：文史类 466 分，理工类 400 分；高职高专批文理科均是 200 分。

分数公布之后，多少欢喜多少愁！考了高分的孩子欣喜若狂，全家人喜气洋洋；那些没有考好的孩子则黯然神伤。

事实上，高考只是一站，人生的路在于长远。只要你心存梦想，你就能生活在超越的空间里。不要去执着于金榜题名，也不要忌讳名落孙山。高考只是人生中的一道坎，冲击的过程才有美感，对于结果你尽管坦然！所以，考好考坏又如何？

比成绩更重要的是成长

2021 年 7 月 2 日

这两天，我接到的电话较之以往多，但通话内容只有一个：那就是孩子高考之后该选择报考哪所院校。这里面有考 600 多分的，也有考 500 多分的、400 多分的……最少的一个考了 180 多分，就这样，孩子的家长还问我是不是可以报考某某学院。

说实话，在这些电话咨询的背后，我明显地感觉到考了高分孩子家长的欣喜、考了低分孩子家长的沮丧。而我想要说的是，无论是孩子考得好或者是不好，都应该为孩子骄傲！如果自己的孩子考好了，就给他（她）一个热情的拥抱，毕竟十余年寒窗，他（她）把知识熬成了成绩。这么多年，他（她）一直在咬牙坚持，每一分都来之不易。孩子真的很优秀，应该对孩子说一声："不容易啊！辛苦了！"

假如说孩子没有考好，也应该给他（她）一个紧紧的拥抱。事实上，孩子一直都很努力，没有考好他已对自己也深深自责，一个人躲在没人的角落里偷偷哭泣。孩子已经尽力了，在这个时候，我们千万不要指责，要保护好这个比任何时候都难过的孩子，因为他（她）更需要我们的宽慰，去帮助他（她）、鼓励他（她）振奋精神往前看。

以怨报德

前段时间，关于"母女三人 27 元吃海底捞"的新闻上了热搜，引发网友热议。一位年轻的妈妈，带着自家的两个孩子到"以服务著称"的火锅店海底捞"薅羊毛"。她只点了 4 个清水锅，半份粉丝，一个生鸡蛋和一碗米饭，这样的量一个人都不够吃，更何况还带着两个孩子呢！

见此情此景，服务员主动为其送上油条、西红柿和蒸蛋等几样小食。等他们快吃完的时候，服务员又为其送上水果和玩具。按说，这位年轻的妈妈该知足了，还应该感谢人家才对。然而，让人没有料到的是，这位妈妈却不满意，消费完后竟在社交平台上抱怨该店服务态度不好。

按理说，消费多少是每个消费者的权利，我们既无可厚非也无权评判，但从对孩子的心理影响来看，这样的做法实在欠妥。省钱本身不是一件坏事，但从小教会孩子保持尊严和体面，在人群中拥有自信而不怯懦，对孩子的影响远比当下省那一点钱的意义要大得多啊！

事实上，人这一生中，经济上的贫穷并不可怕，可怕的是心穷带来的精神匮乏和自卑，它不仅会影响孩子童年的成长，说不定还会影响孩子的一生！

以貌取人

2021 年 7 月 8 日

在日常生活中，我们大多数人都会看到，有些人对领导、对企业老总或者说是对一些有钱的人都很尊重，而往往会忽视自己身边最底层的人。比如说那些打扫卫生的清洁工、勤杂工等。总觉得他们衣着简陋、面容沧桑，有些人觉得与他们打个招呼说句话就有失自己的身份，更不用说去尊重他们了。

记得不久前我看过这样一则故事：有位漂亮的女士带着自己刚上初中的儿子去公司，孩子一直流鼻涕，她一直给孩子擦鼻涕，随后便把这些纸巾扔到干净的地上。这时，在旁边打扫卫生的老太太不停地把纸巾捡起来丢进垃圾桶里。此时，老太太问她："我们公司门卫制度很严的，你和孩子是怎样进来的呢？"女士看都不看老太太一眼，就高傲地说："我是公司新当选的营销部经理，想怎么进来就怎么进来！"说完之后，她又对自己的儿子说："看到这个捡垃圾的老太婆没有，如果不好好学习，将来你就跟她一样！"此时，老人掏出手机打了个电话，很快有位年轻人便站在她的面前毕恭毕敬地说："请您吩咐！"老人指着这位漂亮的女士说："我建议你重新考虑一下营销部的经理人选。"原来，这位打扫卫生的清洁工就是公司的总裁！

最后，老人俯下身子对小孩儿说："孩子，请你记住，你不但要知道好好学习，而且要懂得尊重你身边的每一个人！"

这则故事告诉我们：我们无论在任何时候，都不要戴着有色眼镜看人，要学会尊重自己身边的每一个人！

燕蝠之争

2021 年 7 月 11 日

前两天几个好友聚会，彼此间推杯换盏、把酒言欢好不热闹！尤其是从外地回来的一个朋友，因多日不见更是显得分外热情。可让人没有想到的是，就因为他与另一位朋友说话时因观点不同发生争执并计较了半天，最后竟然闹得不欢而散。

现在仔细想想，人与人之间理想的关系到底是什么样的呢？我个人认为，在我们每个人坚守底线的同时，对那些无关原则的对与错都应该是一笑了之。在这方面，无论是对家人、爱人还是最好的同学及朋友之间，最怕的就是为了这些无关痛痒的所谓对错而产生争执。人们常说，家不是讲理的地方，其实这句话在与自己最亲密关系的同学、同事和朋友来说也一样适用。事实上，越亲密的人越不能一味地计较。

古人云：大聪明的人，小事必朦胧；大懵懂的人，小事必伺察；盖伺察乃懵懂之根，而朦胧正聪明之窟也。这句话的意思是说，真正聪明的人，懂得在小事上糊涂；真正糊涂的人，才会在小事上锱铢必较。如果我们把心思全放在计较对错上，时间久了，就像外地回来的这个朋友，就因为和自己的一个朋友因观点不同发生争执，彼此间扯过来计较去的而伤了和气，这真的是有些得不偿失啊！现在想想，他俩之间有必要计较谁说的对谁说的错吗？

死要面子

2021 年 7 月 15 日

很多人问我，你天天写些短文，哪有那么多东西可写的呢？其实，只要你处处留心，多观察生活、感悟人生，那么，你想说的你想写的真的太多太多……比如昨天晚上，几个友人小聚时，说到请客吃饭喝酒的问题，大多人都主张喝好酒、吃硬菜，最好能喝茅台、五粮液！究其原因，无外乎就是自己的虚荣心在作怪！

人们经常说："死要面子活受罪。"事实的确如此。不知道大家注意过没有，一个越是不太富裕的人，就越把面子看的较重，因为人越是缺什么就越是想显摆什么，而好面子恰恰又体现出一个人的肤浅与不自信，甚至有些人把面子看得比自己的命都重要，这未免显得有些可笑！在我看来，他们不知道自己到底需要什么，好像只能是用别人的眼光来评价自己；羡慕别人有什么，自己就想拼了命的去得到什么；为了面子去相互攀比，去追逐超出自己能力之外的东西，比如说，本来自己只能吃得起青菜，可偏偏要去买大肉；自己本来只能喝得起"信阳名片"，而非要去买茅台、五粮液，以至于节衣缩食、过着紧巴巴的日子。酒拎好的喝、菜捡贵的点、烟拿好的抽，房子专挑大的买，为此负债累累！

古人云："广厦三千，夜眠只需三尺；家财万贯，一日不过三餐。"人啊！还是在自己的能力范围内去努力提高自己的生活品质吧！为了所谓的面子而去打肿脸充胖子，才是不明智啊！

愉快教育

2021 年 7 月 18 日

7 月 14 日那天，我写了在孩子接受教育和成长的过程中，我们在与孩子说话的时候要用"信任的语气""尊重的语气""商量的语气"等。今天，我们再来说一说"赞美的语气"。

事实上，每个孩子都有优点，而且还都有极强的表现欲。如果我们平时在发现了孩子的优点时并给予赞美的话，会让孩子更加乐于表现。比如上个月，我亲家母在郑州带孩子时，三岁的孙了用搓衣板像模像样地洗衣服，并且一边洗一边抬头看他姥娘。孩子的意思很明显，就是要大人对他大加赞扬！也许孩子洗不好衣服，可就孩子洗衣服的那股热情和认真的劲头，我们就不能轻描淡写地去应付他，否则就会让孩子对洗衣服失去热情和信心。

此时此刻，我们一定要用赞美的语气来肯定他的这种热爱劳动的行为："想不到我的孙子衣服洗得这么好！太棒了！加油！要继续努力，今后一定会洗得更好！"一旦孩子的表现欲得到了满足，他就有了快乐的情绪体验，以后对洗衣服会更有兴趣，当然，做其他事情亦是如此！

不教之教

2021 年 7 月 20 日

也许是因为我在教育系统工作吧，经常有家长向我诉苦：说孩子不爱学习，不爱读书，真的不知道该怎样教育才好！还有些家长在埋怨自己的孩子不爱看书、不爱学习和不好教育的同时，有时还埋怨老师教得不好。

其实，很多家长埋怨自己的孩子不爱看书、不爱学习，但自己扪心自问一下，自己是不是也不爱看书、不爱学习呢？大家要知道，孩子读书学习的兴趣是从小培养的。孩子从三岁的时候就应该开始读书了，而不是等到该上学了去学校之后，让老师去培养孩子读书学习的习惯。如果你家里的书多，孩子自然而然就读得多，因为父母能起到好的表率作用，孩子会跟着效仿的。

另外，我还想说的是，一个人所在的原生态家庭，对孩子一生的影响也很大。如果夫妻恩爱、家庭和睦，在充满爱的环境下长大的孩子，注定要比家庭不健全或者整日吵闹的家庭成长的孩子心里要阳光的多！而这些，永远是老师给不了的啊！

因此说，你若爱读书学习，孩子一定也会喜欢读书学习；如果你营造一个良好的家庭环境，那么，毫无疑问这对孩子的成长也是十分有利的。所以说，别再单纯地去抱怨孩子、埋怨老师，首先要做的是：好好检查一下自己！

徙宅之贤

关于孩子的学习和教育这个话题，估计我是说得最多、写得也最多。其实，无论平时我对大家说也好、写也罢，目的就是与大家一起探讨怎样才能让自己的孩子学习得更好！培养孩子在德、智、体、美、劳等方面全面发展。

其实，家长确实是孩子最好的老师！家长的言谈举止真的对孩子的成长影响很大。成功的家教与父母的言语表述息息相关，尤其是父母跟孩子说话的语气，将对孩子的情商、智商、气质和修养等产生深远的影响。

蔡元培先生在《中国人的修养》一书中写道："决定孩子一生的不是学习成绩，而是健全的人格修养。"正确的家庭教育应该是什么？是父母应该帮助孩子创造一个良好的人生平台，让孩子有很好的人格修养，让他们真正懂得如何去做人，懂得成功的真正含义。

所以说，只有父母的教育观念发生了转变，我们的孩子才能受到良好的家庭教育，才能终身受益！因此，成功的家教虽然说是源于父母与孩子相处时的各种点点滴滴，但说话的语气却至关重要，它可以影响孩子的一生！

激励教育

2021 年 7 月 25 日

关于孩子在接受教育和成长的过程中，家长如何用不同的语气跟孩子说话，除了前文所述几点以外，还有"激励"。今天我们就来说一说"鼓励的语气"。

其实，每一个孩子，在成长的过程中，要做到一点过失也没有，那是不可能的。当孩子做错了事情的时候，一定不要一味去批评或责备他们，而是要帮助孩子在过失中总结教训、积累经验，鼓励孩子们下次获得成功。比如说，当孩子第一次帮妈妈端碗时，一不小心失手把碗掉到了地上摔烂了，这个时候你千万不要去责备他说："看你笨的，长这么大了连个碗都还端不稳，养你有什么用……"

大家可以想一想，用这种责备的口气跟孩子说话，是不是会打击孩子在尝试新事物时的信心和勇气呢？这个时候，聪明的家长不仅不会责怪孩子，相反的还会用鼓励的语气对孩子说："宝贝，没关系的，不小心打烂了碗很正常，大人做事也有失误的时候，何况你还是个孩子呢？下次小心一点儿就好了呀！"这样一来，不仅让孩子有了实践的方法，更给孩子带来了再次尝试的信心，各位以为然否？

因材施教

2021 年 7 月 30 日

关于孩子在接受教育和成长的过程中，家长用什么样的语气跟孩子说话才更有利于孩子健康快乐地成长，我目前就说了这几点，至于对否，仅供各位家长参考。

但无论怎样，父母给孩子提供一个宽容的成长环境，我个人认为确实是必要的。每个孩子在人生成长这个课题面前，家庭的贫困或富有都无关紧要，做父母的责任心才是至关重要的。只要我们用心、用脑，我们一定会找到与这个世界、与未来、与孩子们之间最有趣、最快乐的互动方法，请相信，我们所做的一切努力与付出，必将会让我们收获一个更加高质量的人生！

事实上，孩子的情商和智商，均取决于父母的言传身教。培养一个能懂得关心他人、帮助他人、尊重他人、正直诚实、谦逊善良的孩子一直就是一项艰巨的任务，我以为，没有什么比这件事情更加重要！

映日荷花别样红

2021 年 8 月 4 日

也许大家都知道信阳市息县偏东南方向大约五公里处有个千亩荷塘（地处息县项店镇）。每到夏天，荷花盛开，游人如织，好不热闹！

此时，放眼这千亩荷花，我便想起了小时候在语文课本中学过的朱自清先生的《荷塘月色》这篇著名的抒情散文。其实，荷花还有几个好听的名字呢！比如芙蕖、莲花、水芝、菡萏等。光听名字，就觉得美极了。尤其是今年，这几天天气格外炎热，在这炎炎夏日里，万物皆受炙烤，只有那水塘里的荷花，依然迎着烈日，开得正旺！微风吹过，清香扑鼻，让烦躁的内心为之一爽！

如今正是盛夏，暑热燥心，不如来读一读朱自清的《荷塘月色》，它确实能清爽你的夏日。夏天，花木阴阴正可人，但是，最吸引人们眼球的还是荷花。否则，朱自清先生怎么会在文中写道："……曲曲折折的荷塘上面，弥望的是田田的叶子。叶子出水很高，像亭亭的舞女的裙……"

不知怎的，我忽然感觉到，在这燥热的天气里，那一塘塘的荷花，不仅治愈了朱自清，而且，也治愈了许许多多在夏夜燥热的人！

势利之交

2021 年 8 月 5 日

昨天上午，远在重庆工作的二哥给我发来了一条链接，广东省湛江市麻章区迈合村籍 14 岁的全红婵，这次在东京奥运会十米跳台上，以无可挑剔的完美发挥获得了冠军。全红婵夺冠后，广东省湛江市的全氏总支立马把她纳入本家宗嗣，这意思就是说，全红婵将来可以获得全氏本家的独立牌位。

看了这条链接后我感慨颇多：就因为全红婵的这次成功夺冠，各路神仙竟然都粉墨登场，好一幅"穷在闹市无人问，富在深山有远亲"的"美丽"的画卷啊！全妈妈在接受采访时泣不成声地说，她自己都不知道，原来家里竟会有这么多亲戚啊！

自8月5日全红婵夺冠后，冷清的家庭突然变得门庭若市，更甚者，湛江市卫健委的领导也专门去了全红婵亲人看病的医院表示慰问。院方立即表态，什么钱不钱的，请全红婵放心，医院将会给她的妈妈和爷爷提供全方位的医疗服务；看到奥运冠军的家门口杂草丛生，当地政府连夜就给她老家门前来个彻底的硬化改造；还有那些网红们更是蜂拥而至，白天黑夜在门前直播，这让全红婵的家人苦不堪言，只好将大门紧紧关闭而不敢出门。

如此种种，人们不禁要问：假如说全红婵在今年的东京奥运会上没有夺冠呢？还有两个问题问的也很让人感到扎心：今年出征日本的431名奥运健儿又有多少可以夺得冠军呢？又有多少普通的中国人有机会"夺冠"呢？

斯文扫地

2021 年 8 月 10 日

昨天晚上跟一位仁兄聊天，当他说起一个人素质高低的时候，不由让我想起了曾经看过的一则新闻：在某市的一家书店里，一位衣着华丽的太太，对一位姑娘破口大骂十几分钟。到底是什么原因让那位年轻的太太如此愤怒乃至在大庭广众之下骂一个姑娘呢?

原来,这位年轻的太太带着孩子来到了书店,孩子一直大吵大闹影响了周围的人看书。一位姑娘正在写毕业论文,由于被吵的实在有些烦了,影响了自己写毕业论文,便低声提醒这位太太要哄好自己的孩子,免得影响他人。不料想,那位年轻的太太竟怒不可遏地拍案而起,大骂这位姑娘"多管闲事"。随后,又炫耀起自己的老公是副教授,自己的穿着一身全是名牌,这些都是姑娘骑着马也追赶不上的。

这则新闻,让我想起了心理学上的一个"达克效应"。说素质越低的人,越容易有一种莫名的优越感。真正优雅而又高素质的人,他们从不去显摆自己的优越,任何时候他们都低调谦和、温润而有力量!因为他们的内心丰盈,从来不会把优越感写在脸上,他们更不会炫耀自己有什么成就、过着什么样的生活、见识过什么样的人物。这是因为,他们无论在任何时候,都不需要通过贬低别人来抬高自己!

心理疏导

2021 年 8 月 12 日

记得几个月前的一天晚上,大约十点钟,我正躺在床头看书,忽然接到一个朋友打来的电话,说他心里烦躁,非要让我出去大排档陪他喝酒。我这个朋友也知道我平时是不大饮酒的,最多也就是二两而已,更何况这都夜里十点钟了,我自然也是不会出去跟他喝酒的。在电话中，我开导了朋友半天，终于使他心里平静，酒，最终没有喝成。

不知大家平时注意过自己身边的人或者是自己没有，在日常的工作和生活中，有时不知是怎么回事，好端端的会发无名之火；有时更不知是什么原因，自己便感觉到莫名的心烦，自然就是想喝酒、想抽烟，更想找朋友去发泄一下以图心安。

事实上，在我看来，当一个人在心烦的时候，真的不用喝酒，最好的方法是保持沉默，出去走走。去看看那小路和树林；去看看那天空、祥云和海滩……真的不必去高声喧哗、过多地去埋怨；而是去找一本书来慢慢地品读，在温暖的阳光下，微笑着面对一切、聆听一切；真的用不着去伤怀，只要曲折有度，也许过了就算了，算了就消失了……

所以说，因为心烦是自己的，而不是别人的；它既是偶然的，也是必然的。你更要知道的是，心烦只是人一时的一种心情而已，而它绝不是一个人的一生啊！

积厚成器

2021 年 8 月 15 日

关于孩子的教育问题，应该是我们平时彼此交流最多的话题。而很多人都认为，学校对孩子的教育固然重要，但是，家庭教育对孩子的教育应该最为重要，对此，我深表赞同！

人们常说，再穷不能穷教育，再省不能省书钱。事实上，一个家庭对教育的重视程度，直接决定了子女未来的人生走向。

如果你越看重教育，越注重培养，子女越能通过知识来改变命运，从而走向成功！

大家应该都知道，古有孟母三迁，为了儿子的前途不断寻找最好的学习环境；今有武亦姝的父亲，不惜耗费精力，寓教于乐，从小培养女儿读唐诗宋词和中外文学名著，进行成语接龙游戏，最终把女儿培养成为北京大学的高才生。

《战国策》中就说过："父母之爱子，则为之计深远。"其实，作为家长，不一定要学富五车，但一定要坚信教育的力量；不要只做孩子成长路上的养育者，更要做他们教育路上的引领者。只要有了这份远见，孩子就会更加有力量，然后去乘风破浪、一路向上！

父慈子孝

2021 年 9 月 3 日

很多人都说，父母的眼界决定孩子的高度，凡是出色的孩子都离不开父母的托举，只是这托举的方式并非你想象的那样。

孟晚舟回国近一个星期了，我在网上看得最多的文章都是关于孟晚舟、关于华为的。众所周知，她是著名企业家任正非的女儿，也被网友们称作"大公主"。然而，她所过的可远远不是公主的生活啊！孟晚舟从小就跟着爷爷奶奶在山村里生活，大学毕业后好不容易找到一份工作，可不久便赶上了公司整顿，于是，她失业了。在万般无奈之下，父亲任正非才让她进了华为。可是，作为华为创始人的任正非，不仅不推荐她去管理层工作，反而还让她隐姓埋名在底层打杂：接电话，打印文件，端茶倒水……她不但做着繁杂的工作，而且在公司竟然连父亲的面还见不到。然而，也正是父亲对她的历练，才使孟晚舟从未停止努力，她一步一步地拼到了华为首席财务官的位置；后来，又因为业绩突出，全票通过被推举为副董事长。正当她才华崭露锋芒时，人们才发现，原来她就是任正非的女儿。

人们都说，父母爱子为之计远。真正有眼界的父亲不会伸手去帮，而是让孩子长出自己的翅膀！

人梯精神

2021 年 9 月 10 日

今天是教师节！祝各位老师节日快乐！

从 9 月 1 日开始到 9 月 13 日，信阳市中小学校学生已陆续全部正式入校上课。但是，无论是家庭也好，学校也罢，我们大家唯一的心愿都是把我们的孩子教育好。

记得有一位母亲曾经对孩子说过一番话："孩子，妈妈希望你能够遇见一位手持戒尺、眼中有光的老师，她能用眼中的光彩引领你前进。"其实，在孩子幼小的心灵中，播下人生梦想的是父母，为孩了启航梦想的是老师。无论是老师还是家长，我们都深深地知道，散漫的教育只会助长不良风气，盲目的宽容只会养出温室里的花朵。而最好的教育则是宽严并济、奖罚分明的；最好的老师也定是既管且教、严慈共体的，而家长的支持与配合，更是孩子在接受教育中有利于成长的最大福气。

老师与家长的合作，更是教育孩子最强大的合力！

愿所有的孩子们，都能在新的学期里，在老师和家长的共同教育关爱下，学习进步、健康成长！

爱之深，则为之计深远

2021 年 9 月 12 日

有人说，如果你真爱自己的孩子，就一定要让他们去吃劳动的苦。这正如杨绛的父亲说的：教育孩子独立，胜过当第一。

这就是说，如果你爱孩子，首先就要从舍得用孩子开始，从日常生活中的家务活开始。而有些家长，他们舍不得让孩子做任何家务，生怕累着他们，更怕影响了他们的学习。这样一来，长此下去，说不定会让孩子完全丧失了自理能力，任何事情只知道依赖父母，甚至认为父母为他们做任何事情都是理所当然的，孩子毫无感恩之心。

这真的不是危言耸听。记得三年前我曾看过一则新闻，有很多刚进大学校门的新生，由于生活不会自己打理，竟然把平时换洗的衣服积攒了一二十件，然后打包通过快递寄送回家，让母亲洗好之后再给寄回到学校，这岂不悲哉！

其实，作为父母，越不舍得用孩子，孩子就越不中用。父母们啊，请记住：巨婴不是一天养成的，而飞天的凤凰更不是一天练成的。让孩子平时在家里做一些力所能及的家务吧，也许这才是父母对孩子最大的负责！

爱非其道

现如今，只要一说到孩子，大多数父母就像超人一样，负责为孩子承揽一切，什么力所能及的家务活都不让孩子染手。大家可以想象一下，等到孩子长大了，也一定是肩不能挑，手不能提，不能遇到一点点困难。这样的孩子会有什么担当和大的作为呢？

事实上，天下哪有不爱孩子的父母呢？作为父母，我们应该都爱自己的孩子，但这爱一定要讲究方式方法才好。仔细想想，这世上所有的爱都是以聚合为目的，而唯独父母对子女的爱是要分离的。我们可以陪着孩子长大，但却无法陪着孩子变老啊！

我们为人父母，绝不能只看到眼前，更要为孩子的未来打算。不要因为溺爱孩子，反而让孩子失去了飞翔的能力与勇气！

南贩北贾

近日，江苏省南通市一名摆摊老人，因为摆摊时"占道经营"，被城管一把拎起狠狠摔在地上的视频冲上了热搜。随后，当地公安部门发布通告称，对涉事城管协管员吴某故意毁坏公私财物以及殴打他人的行为，处以行政拘留十五天并处罚款一千元的处罚。

说实话，每当人们将城管快要淡忘了的时候，这样的事件就不同程度地再次上演，将人们的视线再次拉回到现实中来。实事求是地说，摆摊老人的行为虽然说是占道经营，但一定要考虑到她的特殊情况。老人都这么大的年纪了，如果不是生活所迫，谁又愿意出来摆摊谋营生呢？她都是一位年迈的老人了，在家里安享晚年不好吗？可她不能，为了生活还得奔波啊！

我们也可退一步说，即便不是摆摊老人，就算是一位普普通通的人，他也经受不住这样的折腾啊！

其实，在本案中，城管人员吴某的行为虽然说是粗暴执法，但是，其行为由于是职务行为（当然也是违法行为），在执法过程中，造成了摆摊老人受伤，财物受损的事实。对此，吴某的所在单位应当承担吴某因职务行为造成的损害，在承担完毕后，还可以向故意或者有重大过失的工作人员去进行追偿。

当然，当地公安部门已经对吴某的行为做出了行政处罚。事实上，如果吴某不是城管协管员，而是社会上的其他什么人的话，他的这种行为，实际上就是一种寻衅滋事行为了，情节严重的话，不排除承担寻衅滋事罪处罚的可能性。

这些年来，为何城管打人事件屡屡上演？我们以为，在对待流动商贩的问题上，不能简单地用予以取缔来解决问题，而是应该帮助他们解决困难、给他们提供更多的便利条件，让他们在不影响城市环境的前提下有序经营，这才是应该认真思考的啊！

父爱如山

2021 年 9 月 22 日

　　孟晚舟在被非法拘押之后，曾经有人问过任正非，如果美国让华为签署和解协议，只要承认有罪，就会还孟晚舟自由，你会不会答应呢？不曾想，任正非毫不犹豫地一口给回绝了："我已做好了此生不见女儿的准备。"

　　说出这句话的时候，不是任正非不担心女儿的安全，他甚至都想去替女儿坐牢。可他更加知道，为了华为，为了中国，他必须硬刚到底。而此时，因受父亲的影响，孟晚舟更是咬紧牙关一扛到底。无论什么威逼利诱，她始终都是那四个字："否认控罪。"因为她和父亲一样，将中国红的颜色融进血液里，任何时候都绝不低头。父亲是孩子的一盏明灯，只要眼里有光的孩子，路一定不会难走。那些被捧在手心里长大的孩子，多半都经不起风雨，也太容易凋零。

　　而父母有大格局的才能够舍小利、往远看，孩子更能知礼明义，愈发坚强，不断绽放，持续发光！

顿 悟 篇

心照神交

2020 年 11 月 6 日

　　我喜欢既不世故，而又活得通透的人！喜欢与三五好友或同学一起，品品茶，喝喝酒，吹吹牛。比如上周六我一同学从县里回到市内，我做东又邀请几位同学小聚，彼此喝酒互不攀，说话很随便。与这些人在一起心里才叫敞亮，彼此间既能大方接受，也能慷慨给予。尤其是我另外两位同学还争着拿酒、买单，甚是感动！我认为缘分都是相互的，感情也是在你来我往中，才能逐渐生根发芽！生命中最感动的事莫过于：落难时你在，悲伤时你在，穷苦时你在，成功时你在！所以，当你人生的重要时刻我也一定在！好的关系，无非一场彼此以心换心、彼此以情暖情的旅程。最好的交友规则，莫过于守分寸、付真心。说话不揭短、不冒犯；交往守分寸、不干涉，彼此尊重。所以说，好的关系皆始于投缘，而久于尊重。

朝乾夕惕

2020 年 11 月 8 日

　　许多时候，我们不是因为有了希望才去坚持，而是因为有了坚持，才有希望；不是因为拥有了才去付出，而是因为付出了才会拥有；不是因为有了机会才去争取，而是因为争取了才有机会。是的，每一个不曾闻鸡起舞的日子，都是对生命的辜负。我们每天努力是很辛苦，但我们能在内心深处感受到自身的成长，以及生命的厚重。许多人都认为到了我们这个年龄，每天还这么努力不值得。其实，我们长久地贪图享受就会变成习惯，一些消极怠惰的病毒，就会一寸一寸地侵害着我们的身体，直至灵魂。人生多一点努力，就会多一份成绩；多一点志气，就会多一份出息；多一点坚持，就会多一些改变。只有坚持努力，才能不负余生！

琢玉成器

2020 年 11 月 11 日

　　今天是"双十一"商家促销日，也是快递小哥最忙的日子。有句话说得好：与其感慨道路难行，不如早点出发！人生在世，总会遇到各种各样的困难，要想不被困难打倒，唯一的方式就是迎难而上。想要什么，就凭自己的力量去获取；想去哪里，就靠自己的双脚去丈量。也许眼前的路看起来布满荆棘，但只要敢于秉持着一颗坚持的恒心，就能在披荆斩棘中成就更强大的自己。

　　比如我有个亲戚，是一个 8 岁孩子的母亲，多年以来骑个三轮车卖烧烤，不为别的，就为了那份责任和担当！她的坚持以及她的善良注定了她的生意兴旺。是的，与其感慨道路难行，不如立即出发。也许不是每次出发都能拥抱诗和远方，但我们仍需怀揣信念，因为，每进一步自有进一步的欢喜。天亮了，不如就从现在开始出发，去做想做的事，只有把困难当成必经的磨炼，才能活出自己喜欢的样子。

"雾"出道理

2020 年 11 月 17 日

　　昨天早上五点多钟，我按照惯例起来在书房做我的几个健康小动作，当打开窗户通风换气时却发现窗外没有一丝光亮。开始以为是停电了，过了一会儿发现竟然是雾霾，好久未见如此大的雾霾了，久晴有雾必是阴。果然，今早开始下雨了。人这一辈子，总是在经历中拥有，在沧桑中懂得！其实，珍惜比拥有更重要，给予比索取更快乐，学会了放手才能得到更多。这雾霾只是让我们看不到前方，这世上不管你多优秀，总有人会对你不屑一顾；不管你多平庸，也总会有人视你为掌中珍宝。我们总以为光明来自太阳，其实，只要我们心中有光，也能把有缘的人和有情的人心里照亮；只要我们心中有光，即便在这寒冷阴霾的日子里，也能感受到无比的温暖！是的，生命就是一种懂得，懂得爱生活、爱朋友、爱同事、爱同学、爱亲人、爱自己才是正理！

感悟

2020 年 11 月 21 日

昨天我局里有位同事过 55 岁生日，我们几位平时很要好的同事前去他办公室向他问候，并衷心祝福他生日快乐，健康长寿。我们不奢望向老天再借五百年，谁也享受不起。是的，年过半百，人生已走了一半，已享受了一万八千多天的阳光。到了这个年龄，只要有一对健康的父母，有听话的子女，有群不攀比的亲戚朋友、同事同学，有个疼你的爱人就该心满意足了。知足方能常乐！不要老想自己没什么，多想自己有什么，把剩下的一万多天活好！别人多有钱、多有权、多有名、多风光都与你没关系。我们曾经哭过、穷过、苦过、难过、烦过、痛苦过、失落过、徘徊过等都已成了过去。从中学开始我就立志当作家，可至今不仅作家的梦想没有实现，而且一事无成。但只要我们心里有阳光，脸上有笑容，我们依然就会有信心和希望，活到一百岁是有可能的！

赋雪

2020 年 11 月 25 日

实际上，23 日的那场雪，并非 2020 年的第一场雪。今年疫情期间我在值班时，2 月 15 日那天就下起了鹅毛大雪，我并且还即兴赋诗一首。为此，读过我这首诗歌的朋友在 23 日下雪那天又发信息对我说：看这雪下的好大，又该你写诗了。事实上，就我这水平，会每到下雪时就能写出赞美雪的文字来吗？可我总感觉雪是带着使命和责任来赐予大地的，我是怀着崇敬和真挚的心去欣赏雪的。总觉得雪是太洁净，洁净得让我崇敬；雪，总是太静美，静美得让我遐思；雪，总是太梦幻，梦幻得让我心动！我时常赞美雪的洁白、雪的晶莹、雪的魂灵……雪却说蓝天只是它途经的驿站，而它的情缘永远系在人间；它说哪怕是短暂的相恋，也要让人间的温度把它化作清泉，流进大地的胸膛，也流进我们的心田！人都说雪花冷艳，但没有人知道，雪花也有激情在点燃着生命的烈焰！我虽然没有看到大地洁白的哈达，但雪的圣洁仍是我心中的眷恋！雪啊！我爱你！你的圣洁，你的福祥，你的从容，你的高雅……

教育缺位

2020 年 11 月 28 日

本来不想说这个，一是感到痛心，二也有些费解。按理说，大学也好，中小学也罢，它应该是一个教书育人，传道授业解惑的圣洁之地！它应该比我们地方上的很多部门都要更加纯粹。可如今的一些高校，导师却变成了老板，读书的学生不是一门心思地钻研学术，而是想方设法打工挣钱。真正兢兢业业，踏踏实实搞学术的人，反而得不到重用。我们经常时不时地从新闻中了解到，某某高校主要领导因贪腐被查被抓，其数量真的让人震惊！真的希望我们的党和政府能以在全国高校来一次全面的彻底反腐，大力整顿教育界的歪风邪气，还高校一片净土。

过隙白驹

2020 年 11 月 30 日

记不清楚是上小学还是中学了，老师教我们写作文，我们也用一些华丽的词藻来堆砌，什么"光阴似箭，日月如梭"之类的，总知道这样说，却没感觉那么快。可这到了奔六的年龄真就不一样了，或许是由于忙，才感觉时间过得快。每天五点多起床，总感觉时间不够用。人生在世一辈子，做不完的事，干不完的活。到了我们这个年龄，也知道如果不学会释负、减压，将会烦恼痛苦后半生。所以我们必须轻松地过，洒脱地活。让心中充满阳光，让心情愉悦快乐，把烦恼忧愁全部抛掉，这才是我们最想要的生活。每天乐此不疲，忙忙碌碌，但我心中愉悦，我们一定要让好的心情属于自己。该忘记的，就让它随风飘散；该拥有的，就要好好珍惜；该记住的，就要用心铭记。要学会忘记一切烦恼忧伤，学会忘记所有不良情绪，学会忘记那些曾经大大小小的伤痛。最美的人生，就是多多收藏快乐，轻轻松松愉悦地前行，洒洒脱脱地学习生活，用一颗感恩的心善待我们身边的每一个人。

自忖

昨天早上，我远在新疆工作的一位初中时的同学发信息说：挥挥手十一月再见，十二月的开端阳光明媚！以后的日子有歌声更有掌声！其实，过了的月份不会再见，下个月也不一定像我们想象的那么美好，只不过，我们一直追求美好，一直想要鲜花和掌声，但无论怎样我们都要坚持前行！因为我们始终相信，只要心向阳光，黑夜就不会漫长。人的脆弱和坚强都超过我们自己的想象，有时，我们可能脆弱得一句话就泪流满面；有时，我们也发现自己咬着牙走过了很长的路。人生总有一些路，需要我们自己走，总有一些事，需要我们自己做，总有一些磨难，需要我们自己去承受！所以，只要我们的身心健健康康，凡事做到无愧于心，就不枉来到人世一场！

坦然生活

前天中午，我与我本家侄子和姑表弟一家在一起吃饭。席间，本家侄子忽然问我："大叔，我今年二月份退休的，怎么退休金才一千九百多块钱呀？是不是财政钱没发够呢？"我一时也不知道该怎样回答才好，只知道行政事业单位在职人员若在贫困县区工作因财政一时困难，当月工资拖欠一至两个月或三五个月不发或者发一部分也是常事，但退休人员的退休金应该是按月足额发放吧！正当我要向本家侄子作解释时，坐在我旁边的一位老弟突然插话说："退休金多也好，少也好，多活几十年比什么都好！"的确，到了我们这个已过"知天命"的年龄，身体好才是第一位的。要想健康首先要快乐，一个真正快乐的人，是那种遇到挫折时，也不忘享受风景的人！既然我们改变不了生命的长度，那么我们就努力去拓展生命的宽度，尽力走好脚下的每一步，至于今后的路是平坦或是坎坷都不重要，重要的是我们自己的心态要好！只有把自己的身心修养的健健康康，凡事做到无愧于心，知足常乐，快乐过好每一天，其余的都是过眼云烟！钱多钱少又能如何？

淡泊生活

2020 年 12 月 6 日

昨天就与几位老领导相约，今天一起去信阳市浉河区南郊十三里桥钓鱼。一是钓鱼本身既是爱好也是休闲，二是也想趁周末去郊区农家庄园放松一下，平时工作忙忙碌碌难得找个机会放飞一下心情。真是日有所思，夜有所梦！今天还未起程去郊区钓鱼，我倒于昨天晚上做了一个梦，梦见自己钓了条十来斤的大草鱼。都说做梦梦到鱼好，顿时觉得这可是好兆头，挺开心，现在心里还美滋滋的！其实，人生真正的幸福，不是大富大贵，而是活得问心无愧；不是拥有多少财富，而是能把平淡的日子过得有滋有味，不张扬不比较，不敷衍不炫耀，活出属于自己的骨气，活出自己的乐趣。哪怕生活不尽人意，也要在安静中自省，自律！无事时心能静，有事时心能定！人生中最永恒的幸福就是开心，最长久拥有的就是珍惜！比如珍惜生命，珍惜感情，珍惜自己所爱的人……尽量让自己的生活，活出质量，活出品位！让余生自信、优雅、开心地度过，让自己的人格魅力四射！

雪印

2020 年 12 月 8 日

　　2020 年 11 月 22 日那天是小雪，我在当天的日记中就说：今天是小雪并不是真的要下小雪，而是二十四节气使然。时隔半个月之后的 12 月 7 日，也就是昨天，是二十四节气的大雪，当然 7 日也不是真下大雪，而是农历二十四节气中的第二十一个节气，也是冬季的第三个节气。大雪节气是干支历子月的起始，标志着仲冬时节正式开始。大雪，也是反映气候特征的一个节气，大雪节气的特点是气温显著下降、降水量开始增多。在我们这里，虽然说现在不常下雪了，可我在孩提时代时，在我们息县老家，那时真的是北风呼呼，大雪纷飞啊！那雪下的真的叫那个大呀，说下到齐腰深一点儿也不为过。那个时候，作为孩子的我们，不仅不怕冷，而且还特别喜欢下大雪，喜欢在雪地里奔跑，更喜欢听那沙沙的踏雪声，一群孩子毫无顾忌开心地打雪仗，现在仔细想想，仿佛是某种心灵的节奏，清脆而动听！其实，我们在雪地里行走时脚步声是很轻微的，只有一串串深深浅浅的脚印。也只有雪地上的脚印，才会让我们觉得，原来心灵和脚步从来都没有分离过，从中，我们也仿佛看到了自己从离开家乡到外出求学，然后再到工作一路走来的脚印，似乎我们每个人都能从这一串串的脚印中看到自己人生的种种印迹！

熟虑

2020 年 12 月 12 日

昨天，耀辉老总在看了我 9 日和 11 日这两天写的日记后，或许是受到感染、引发共鸣吧，在与我聊天中聊得最多的就是回首往事、时光匆匆、人生短暂、倍加珍惜等话题。其实我时常看朱总在网上发的抖音，他谈的最多的还不是酒，而是他对生活和人生的感叹、感悟、感恩……是啊，其实人生就是做好两件事：第一，教育好孩子，不要危害社会；第二，是要照顾好自己，别拖累孩子。再过若干年我们都将离去，我们奋斗一生，带不走一草一木；我们执着一生，带不走半分的虚荣爱慕！今天无论贫贱富贵，总有一天要走到这最后一步，到了天国，蓦然回首，可不是"那人却在灯火阑珊处"，而是发现我们这一生形同虚度。所以从现在起，我们要用心生活，天天开心快乐就好。三千繁华，弹指刹那，百年之后，不过一捧黄沙。为此，请善待每个人吧！因为没有下辈子，一辈子真的好短。有多少人说好要过一辈子，可走着走着就剩下了曾经；又有多少人说好了要做一辈子的朋友，可转身就成了最熟悉的陌生人；有的明明说好明天见，可醒来却是天各一方！所以，趁我们都还活着，爱家人、爱同学、爱战友、爱同事、爱朋友！能聚的时候好好聚，能玩的时候好好玩。请好好珍惜身边的人，不要做翻脸比翻书还快的人。互相理解才是真正的感情，不要给自己的人生留下太多的遗憾！因为，再好的感情也需要珍惜，再好的缘分也经不起敷衍。书鸿与各位兄弟姐妹，同事同学，家人朋友共勉！

心中的太阳

2020 年 12 月 15 日

昨天早上走去上班，刚到楼下没走多远，顿时觉得冷风袭人！鼻子耳朵嘴巴都冻得生疼。于是乎，立马后转，上楼回家戴手套、口罩、帽子。从前天开始天气又骤然降温，出门一定要多加衣裳。其实生活就是这样，不可能永远是阳光明媚，也会有风雨交加。四季有冷暖，生活有喜忧那才叫一个自然，纵使寒风乍起，岁月深处依然会有温暖与美好。其实，生活中的不完美与遗憾，都是人生最好的启蒙，不要怨恨，不要悲伤，相信所有的遗憾，都是另一种成全。心若向阳，何惧忧伤；心若平静，何惧世事纷扰！幸福是没有标准的，它取决于你以何种心态去看待！有时候我们总是抱怨上天关上了那扇门，却忘记了自己可以推开一扇窗！

茶悟

2020 年 12 月 19 日

都知道信阳产茶、信阳人喜欢喝茶，却不知茶叶上有"苦尽甘来"的喻意。大多数人初品茶叶时的滋味便是"苦"，但随后喉咙里便返回"甘"味。事实上，我们品茶，品的是茶味，悟的却是人生！

记得今年 4 月份一次吃饭时，我的一位兄长十分动情地说：80 年代初，刚参加工作时在县里，那时工资低，家里来了客人都是在家里吃饭，去不起酒店啊！有天晚上家里来客了，一瓶好点的酒一会儿就喝完了，屋里没有了，在床底下扒了半天就扒了一瓶林河大曲出来接着喝。我有个同事也是这样，1990 年刚分到我单位工作时，单位当时也没提供住房，过两年他又娶妻生子，由于工资低，好点的房子也租不起，一家三口只有在外租住漏雨的房子长达四年之久。可谁又知道，在他们如今风光的背后曾经饱尝过的生活艰辛呢？

其实，每个人一生要吃的苦或该吃多少苦那是恒定的，它不会凭空消失，也不会无故产生，只能以一种形式转化成另一种形式。人只有像茶叶那样，在艰难险阻中沉浮过，在痛苦心酸中磨砺过，才能真真实实地体味到生活的原味和魅力！

饺子寄情

冬至那天，"你吃饺子了吗"的问候，上了热搜。据说冬至吃饺子，起始于东汉末年。医圣张仲景在长沙任太守，有一年冬至他回乡探亲，见老百姓衣不蔽体，有的耳朵也冻烂了。他心里非常难过，遂让手下在南阳东关的一块空地上架个大锅，用药材和羊肉熬汤。等煮好后用面皮包上羊肉，做成"娇耳"（即饺子）给来讨药的病人吃。当人们吃了娇耳喝了祛寒汤后顿时觉得浑身发暖、两耳生热。于是每年冬至这天人们使用面皮和馅料包成饺子吃，这便是冬至吃饺子的来历。实际上，民间早就有"冬至不端饺子碗，冻掉耳朵没人管"的俗语。许多人包饺子是为了家人，岂不知还有另外一群人，他们忙了十几个小时，包了上万个饺子是为了别人。他们是为了环卫工人；是为了孤寡老人；甚至是为了街头流浪的人。为了让他们也能在冬至的早晨，吃上一碗热气腾腾的饺子！他们用爱心温暖了无数人！

班长之长

昨天晚上与我上大学时的班长（他是在部队里当了 6 年兵之后又回来参加高考的）一起聚餐，说实话，我从内心里对他不但佩服而且尊重！这不仅是因为他比我年长 6 岁，而是因为他学习上进、为人正直、积极向上、乐于助人……上大学的 4 年里，老班长曾多次对我说，将来一定要和有一身正气的人、心中有爱的人多交往。事实的确如此。经常和有正能量的人交往，对我们的影响，不仅能起到潜移默化的作用，更极易产生由量变到质变这一过程。所以，当我们交往的人越多时，你就会发现，与那些层次越高、越积极、越乐观的人相处，我们的能力就越会得到提升。常言道：读好书，交高人，乃人生两大幸事。当我们遇到高人，即使我们有一些不足，高人也能驱使我们不断进步，所以，经常和优秀的人在一起，真的很重要！我们经常说，遇到好人学好人，遇到坏人成恶人。我们应该学会多和优秀的人在一起，尽量远离那些消极悲观、抱怨不断、牢骚满腹的人。只有与高人为伍，才会增强自己的能力，成为越来越强大的自己，最终使自己成为一个对社会有用的人！

冷与暖

2021 年 1 月 6 日

昨天早上起床后，发现一个多年的挚友发给我的一个链接分享，方知 1 月 5 日是小寒。小寒，是农历二十四节气中的第二十三个节气，冬季的第五个节气。小寒是天气寒冷但还没有到极点的意思，因为后面还有大寒。俗话说："小寒小寒，冻成一团。"今年的确是比往年更冷一些，出门一定要注意保暖。相信世间的一切，都是最好的安排，不经一番寒彻骨，哪得梅花扑鼻香！每经历一天寒冬，春天就离我们近了一步。时间每天都在走，人生每天都在变，悄无声息流逝的是生命。珍惜当下，才是最重要的，感恩所有，才是最该做的！大自然的规律谁也无法改变，我们只有顺其自然！人这一辈子，没有重来的人生，也没有重复的四季。岁月催人老，且行且珍惜，愿你我都能熬过这段寒冷的时光，迎来更加灿烂美好的明天！

敬业

2021 年 1 月 12 日

上学的时候老师就教我们：人，无论做任何一件事情都要有恒心，绝不可三心二意，这山望着那山高，否则，最后或许一事无成，这话着实有一定的道理。记得两年前，我与鸡公山酒业公司的董事长朱耀辉先生在一起吃饭时，席中有两个朋友对朱总说："朱总，现在你的酒厂已具规模，业已步入快车道，你可以投入些精力做房地产的。"不料，却被朱总当场断然拒绝！他说："我这一生，只一心一意、持之以恒地把酒厂经营好足矣！"

他的这番话，让我不由自主地想起了曾国藩在家书中曾屡屡阐述的"恒"的重要。"如凡人做一事，便须全副精神注在此一事。首尾不懈，不可见异思迁，做这样想那样，坐这山望那山，人而无恒，终身一事无成。"曾氏还以高标准要求的方式，将"无恒"视为自己的耻："余生平作无恒之弊，万事无成。德无成、业无成，已可深耻矣。"31岁那年，曾国藩给自己定下了日课12条：主敬、静坐、早起、读书不二、读史、谨言、养气、作字……他不折不扣地坚持了半生。试问：如果他没有恒心会这样坚持下来吗？就曾国藩练习书法来说，他自幼习书法，一直到老，终其一生。他所写的日记、书信及奏稿数以千万字计，均为楷书和行书。这份耐力，这种毅力，真不是一般人可以做到的。我们很多时候，常常是三分钟热度，半途而废，这种做事没恒心的毛病会影响我们的生活质量，使我们对自己失去信心，甚至感觉自己一事无成。

耀辉老总现在不但在线下管理和经营着酒厂，同时，还天天忙着在线上直播做销售、给顾客答疑解惑，这种恒心、专一、敬业以及他对事业的追求与执着实乃无人能比！这也许就是他的公司发展壮大、走向辉煌的奥秘所在吧！

自省

2021 年 1 月 13 日

十号晚上，我们系统的几位同行，在教师资格面试考试圆满结束后，约请一起聚聚。在聊天时，有位仁兄大发牢骚："明明那件事是他做得不对，反而还怪我，批评我如何如何做得不好！……"看上去是一肚子的不满与委屈，总觉得是自己做得很好，别人总是跟他过不去。等平静下来之后，我告诉他，王阳明曾说过，学习应反身自问，如果光是责备别人，就会只看到别人的不对，而看不到自己的错；如果能反身自问，就能看到自己有许多不足之处，哪还有时间去责怪别人呢？于是，这位仁兄对王大师的话感到十分认可，对自己责怪他人的言行表示很后悔。事实上，经常作自我反省的人，日常接触到的事物，都成了修身戒恶的良药；经常怨天尤人者，只要思想观念一动，就好像是戈矛一样总指向别人。可见，自我反省是通往行善的途径，而文过饰非、推卸责任的人，总是为自己的错误寻找借口，这才是一个人最没出息的重要原因。因为这让自己永远也看不到自身的缺陷和弱点，所以，也就无从谈改正可言了。

聪明误

2021 年 1 月 15 日

上小学的时候，老师和父母就经常教育我们，将来长大后为人处事一定要厚道，一不可耍小聪明，二不要占小便宜。可现实生活中，爱耍小聪明、贪占小便宜者大有人在，其中事例不胜枚举！在我看来，常年不请客吃饭的人未必就发财，反之，经常请人一起聚聚乐呵一下的人未必就贫困，一拨人坐出租车时，这个经常付钱的人也未必就不富有。实际上，喜欢耍小聪明的人也是"爱占便宜"的人。这种聪明常常损人又不利己，自以为得了便宜，其实他们正在一点一点地消耗自己的好运和福报，最后落得个人人敬而远之的地步。事实上，爱耍小聪明、爱占小便宜是走向成功路上的陷阱！一个在小事上斤斤计较的人，是不可能取得成功的，因为爱耍小聪明、爱占便宜的人总想占便宜：占他人的便宜、占合作伙伴的便宜、占规则的便宜……结果是，他们把自己的活动空间搞得越来越小，没有人愿意接近他们，他们成了受人唾弃的"苍蝇"。有大智慧、高境界者，才有大格局！小聪明实际上往往会被聪明误，容易把春光看成是秋风，用自造的凄凉来折磨自己。人在社会中，一定要记得：永远不要小看他人，不要自以为很聪明，事实上，爱耍小聪明的人，往往才是最笨的人！

存心养性

2021 年 1 月 16 日

一个人成熟的第一个标志就是脾气越来越小。曾经的我们，遇到令你不愉快的人、或让你为难的事以及那些突如其来的意外和伤害，就会暴跳如雷、歇斯底里、气急败坏！现在的我们，即便内心再有情绪，也会维持基本的体面，做到谨言慎行、说话得体、行为合理。一是我们开始懂得，身体是自己的，若被气坏了，吃亏受罪的还是你自己，况且用别人犯下的错误来惩罚自己是不值得的；二是我们开始明白，生气解决不了问题，说不定还会使事态越来越糟，因为无论遇到什么样的棘手的事，你都必须要去面对，而当你情绪不好时，就更容易做出错误的判断、选择和决定。所以，没有必要为了这点鸡毛蒜皮的小事而纠缠不清、耿耿于怀；也不必为了那些曲解、误会和诋毁而大动干戈，只要做到心安和坦荡即可。

其实，每个人的一生，都伴随着诸多的感受、体会和经历。它们或好或坏，或对或错，或让你快乐，或让你痛苦，但正是这些过程，才让你一步一步地走向成熟。也许曾经的我们，年少轻狂、锋芒毕露，有一股初生牛犊不怕虎的气势，可随着年龄的增长，我们都慢慢学会了做一个温润、平和而安静的人。

明善诚身

　　前些天，我一个同事对我说，他亲戚出摊卖小吃有个邻居不讲理，不但经常跟她们吵架还经常骂人，真想去我们电视台投诉她，看能不能给她曝曝光，太气人了！针对这种情况，我告诉同事，让他告诉亲戚一定要拒绝与别人吵架，尽量忍一忍、让一让，多与对方沟通交流。说实话，天天和人吵架的人一定是一个不成熟的人。对于那些强词夺理、从不认为自己有错的人，绝大多数情况下，他们真的是不占理的。事实上，真正聪明的人，觉得和这种人去争，即便是自己争赢了，也没有太大的意义；你既说服不了他，又没有办法让对方接受自己的思想，与其这样，还不如避开。尤其是对于那些蛮不讲理的人，就像秀才遇到兵一样，你空有满腹经纶，也无法派上用场。而聪明的人肯定懂得这个道理。事实上，真正聪明的人不讲对错，只讲立场！当你遇到那些胡搅蛮缠、爱与人吵架的人，甚至动不动就去辱骂人的人，千万不要搭理。你要做的就是向他挥挥手，祝他们好运。然后继续走自己的路，请相信，你一定会更加幸福快乐！

苦口之药

2021 年 1 月 20 日

上大三的时候，我的一位文友有一天创作了一首诗歌，自以为写的很好，要我一起去拜访我省著名诗人王怀让（时任河南日报社文艺处处长，2009 年 4 月因病逝世），让王处长给其所写诗歌在《河南日报》上发表。结果，不但诗歌没有发表，还被王处长当面训斥了一顿："你根本不会写诗歌，而是更适合写小说！"后来，我这位文友真的听从王处长的建议改写小说，还真的小有成就呢。

俗话说：良药苦口利于病，忠言逆耳利于行。经常赞美你的人，容易让你陷入迷失，变得自大；反而那些敢于指出你错误的人，往往是帮助你进步的人。说到这里，我想起了著名画家毕加索的一个故事。实际上，早年的毕加索也喜欢写诗，但一直无所建树。有一天他带着自己的得意之作去参加诗歌评论家斯泰因夫人的聚会，当他展示自己的作品并期待得到夸赞时，没料到被斯泰因夫人迎面泼了一盆冷水，说他根本不适合写诗歌。毕加索回家后认真地想了想，自己努力了这么久，还是没有进步，看来自己确实不适合写诗。于是，他接受了斯泰因夫人的批评，后来经过摸索，他发现自己对画画有兴趣，便转行专心画面，最后成了一位世界著名的画家。

由此可见，批评的话虽然刺耳，却是人生路上不可缺少的良药；真诚的批评，往往比虚假的赞美更加可贵！一个人，唯有始终保持海纳百川的姿态，胸襟开阔、善纳净言，才能百尺竿头更进一步，取得更大的成功！

砥砺德行

2021 年 1 月 22 日

　　前天有位朋友给我打电话说："你在教育系统工作，请给我指点一下怎么样教育孩子才好呢？"说句实在话，别看我在教育系统工作二十年了，其实，在教育孩子这方面我还真没有什么经验呢，当下我给这个朋友讲了一个故事。

　　有个牧场的主人，每逢节假日或星期天的时候就让他的孩子在牧场里干活，有位朋友对他说："你不需要让孩子如此辛苦，农作物也一样长得很好的。"牧场主人回答说："我不是在培养农作物，而是在培养我的孩子。"原来，培养孩子很简单，让他吃点苦就行了。这就说明，孩子在教育中有一项是万万不可缺少的：那就是吃苦教育。"少时享福，长大无福。"泡在蜜罐里的孩子是永远长不大的，富养也从来不是溺爱和妥协，因为没有一种能力是在轻松、舒适和愉悦中产生的，幸福和圆满，从来都是诞生于痛苦之中的。

　　真正的教育，不需要做过多少事，而是简单一点，放手让孩子走出自己的保护圈，让他真真切切地感受到痛、体会到生活的苦，他才能够真正成长、才能在今后的工作和生活中独当一面！

金人缄口

2021 年 1 月 25 日

不知大家留意没有，我们时常在某种场合会听到某人说张三如何如何，李四怎么怎么……最后你传我，我传他，说不定还会弄得朋友不和、家人不睦呢！老话说："未知全貌，不予置评。"其实，很多时候，即便我们真的知道真相，也没必要大肆声张。我曾经看过一个真实的故事：有个阿姨拎着一个大牌子的包包去某个机构鉴定，工作人员略显严肃地问："阿姨，你买这个包家里人知道吗？"阿姨立马回答说："知道啊！这是儿媳妇送我的。"这位工作人员松了一口气，笑着说："哦，这包质量不错，你可以继续背着。"阿姨闻言顿时急了："可我们小区的张姐怎么说我这包有问题呢？可我又不知问题在哪？"工作人员摆摆手说："那肯定是她看错了，这包没问题。我也不收您鉴定费了，回去吧！"

从始至终，这位工作人员都没像那位张姐那样戳穿假包的真相，更没有八卦地去批评儿媳妇的行为！年轻时，我们总以为"语不惊人死不休"才算本事，可年岁渐长就会懂得，守口如瓶更是修行！别人的苦我们可以爱莫能助，但没必要大肆声张；别人的生活我们可以一知半解，但绝不能去添油加醋；别人的选择我们无法感同身受，但至少能做到尊重和包容。

知人不评人，知事不声张，给他人以善良，给岁月以静好、给人间以慈爱！

冰壶秋月

2021 年 2 月 5 日

　　我有个同学，经常对我说：有个规律永恒不变。我问他是什么规律可以永远不变呢？他告诉我：人的一生，短期看机遇，中期拼实力，长期靠人品。仔细想想，有一定的道理。一个人起点多高，是机遇决定的；一个人能走多快，是能力决定的；一个人能走多远，是人品决定的。比如我现在的同学当中，他们很多都走向了领导岗位或成为优秀成功的企业家就是明证。在我看来，他们之所以有辉煌的现在，这一切都是源自好的人品！看看如今的社会，聪明有才的人很多，勤奋刻苦的人更多，但是品行端正的人，才最具备难能可贵的品质。知识可以学习，努力可以人为，运气只能靠天，好人品才是最珍贵的。人品好的人虽然有时会吃亏，但是这种吃亏也是福，别人亏欠你的，上天都会还给你。人品既是最后的底牌，也是一个人的黄金招牌，好的人品，就是他们走向成功的关键所在！

涣然冰释

2021 年 2 月 8 日

　　我小的时候，老家的宅基地房子后面都有个园子，有的地用来养鸡，有的地用来种菜。我依稀记得在我家房子的东边有两户邻居，一户姓张，另一户姓柳。张家在后园里种了不同品种的蔬菜，柳家则在后园里养了十几只母鸡。柳家的老母鸡时常跑到张家的菜地里啄菜吃，把整个菜园弄得一塌糊涂。张家人认为邻里和睦是大事，便友善地提醒柳家最好把鸡关起来养。而柳家总是答应"好好好"，可一直就是不予落实。张家不想与他发生争执，无奈之下他只好想了一个办法：他准备了一筐鸡蛋，专程去送给柳家的人，柳家人很感谢！张家人却故意说："不用客气的，我们家鸡蛋多的是，你家不帮忙吃就坏掉了。"柳家人惊奇地问："我们没看到你家养的有母鸡呀，怎么会有那么多鸡蛋吃不完呢？"张家人不紧不慢地回答说："我们家屋后的菜园里，每天随便就可以捡到七八个鸡蛋，怎么吃也吃不完。"

从第二天开始，柳家的母鸡就再也没有跑过来了。其实，这件事让我们感悟到的是：在现实生活中，我们每个人或许都避免不了会与别人发生利益上的纠缠，要想快速而又顺利地解决问题，不能一味地去讲道理，而是要想办法把问题和对方的利益挂钩；毕竟，人只有在自身利益受到损害的情况下，才会和你用心来解决问题！

宜室宜家

2021 年 2 月 10 日

我有几个很暖心的同学，聚会时常常提及彼此的家庭，并且还时不时地来点评论：甲同学的夫人知书达理、温柔贤惠；

乙同学的孩子学习拔尖、懂事孝顺；丙同学家庭幸福，两口子都还是正高级职称……

有人问：一个家庭幸福的秘诀是什么？很多人回答说：遇事不责备。记得有一次我的一个男同事请客，菜早已上齐了，就等他爱人拿酒来，眼看菜都快凉了，他爱人才气喘吁吁地跑了过来。我们以为他会劈头盖脸地责怪他爱人：让你拿个酒怎么来那么晚？一桌子人都在等你吃不成饭！岂料，我这位同事不仅对她没有丝毫的责备之意，而且还微笑着说了句更为暖心的话："老伴，您辛苦了！"结果，这顿饭我们每个人都吃得十分愉快！其实，不幸福的家庭就是多半互相责备与指责。妻子责备丈夫：天天工作这么忙，也没见你挣几个钱！丈夫责怪妻子：连个孩子你都看不好，好好的怎么会感冒！事实上，又有哪个家庭不存在磕磕碰碰呢？如果处处斤斤计较、互相责备，只会让家庭的战火愈烧愈烈。

无关痛痒的小事，彼此宽容；无伤大雅的细节，互相原谅。生活里的大风大浪毕竟是少数，那些柴米油盐酱醋茶的温暖才最令人动容！

莼鲈之思

2021 年 2 月 18 日

今天初七，又逢雨水节气，雨水到，祝您一年风调雨顺！实际上，每逢春节，有多少人把乡愁和思念，系在了那张小小的车票上，又有多少人千里迢迢，为了那份失去的亲情自驾回到熟悉而又陌生的故乡。但回去之后，却发现故乡虽然还在，但早已物是人非，自己已经无法融入其中。小聚几日又得匆匆离去，又要回到那个并不属于自己的城市继续打拼。回不去的故乡，融不进的城市，年复一年，周而复始。今年虽说是提倡就地过年，但大年三十我回老家时，路上依然还是被外地车堵得一塌糊涂。可无论如何，我们都是这样一年一年地过，谁也不可能回到过去。还是那句话，幸福是奋斗出来的，春天的播种就是为了秋天的收获！

食言而肥

2021 年 2 月 19 日

孔子言："人而无信，不知其可也。"想想老夫子的这句话，是真有道理啊！我就认识这么几个人，借别人的钱，今天他说还，明天他说还，到现在不仅没见他还钱，反而连个人影都没见。还有一个人，找别人办事时高声大喊："哥，过年我给你拿什么呢？给你拿件酒喝，好吧！"结果见了面后连个酒毛也没再提。要知道，人活一世，诚信为重，诚以修心，诚以立业，我相信，言而无信的人终成不了气候的，也更做不成事情的。做人要务实，讲话要真实，做事要诚信。诚，乃信之本；无诚，何以言信？诚而有信，方为人生。答应别人的事，一定要做到；欠了别人的钱，要尽快归还；不坑蒙拐骗，说话算数，讲信誉，重信用。因为懂得遵守诺言是一项重要的魅力储蓄，而违背诺言是一项魅力透支，失去了诚信，就等于毁灭了自己。

求其友声

2021 年 2 月 20 日

小的时候，我就向往美好、团结同学、交真心朋友！赞美蓝天白云、欣赏万顷绿洲！总希望在太阳升起的时候，能与大地上的万物一起苏醒，风调雨顺、宁静安详！更希望自己从农村走向城市，在蓝天之下有清风掠过，沉重的身体变得轻灵，每一次呼吸都幻化成云朵。还希望在自己熟悉的城市，无论走到哪个角落，一公里之内都有我的朋友。只要我敲响每一扇房门，都会有热情的笑脸相迎。一生都有朋友相伴啊！喜乐有分享、冷暖有相知、同量天地宽、共度岁月长！有相怨、无相恨，尽享人间太平！愿老者慈善从容，幼者聪明无忧，少年有理想，壮年有担当，生活脱贫，精神脱困，有朋自远方来，倾心畅谈，开怀痛饮，长河悠远，岁月无痕，金色阳光洒满大地！

淡泊人生

2021 年 3 月 2 日

欢欢喜喜的春节过了，热热闹闹的元宵节也过了，一切又趋于往常，但却又是新的起程。这几天虽然说温度低，阴雨连绵，白天没有阳光，但只要我们心中有阳光，一样会照亮自己的心灵。夜里虽然说没有月亮，但灯光依然美丽。其实，幸福就是一种心境，所谓"人生由我不由天，幸福由心不由境"。六十岁以前为名忙、为利忙，六十岁以后都成了过往。其实，我们的生命本身是纯粹而干净的，是在成长过程中渐渐地沾染了太多的粉尘。

按行自抑

2021 年 3 月 5 日

　　昨天晚上多喝了几杯酒，感觉头有些晕乎。早上真想多睡一会，最后还是坚持起来了。因为，一、我要八点主持开个会，二、一天不早起没什么关系，但我怕明天后天会管不住自己，所以，我仍在六点半起床洗漱。相信所有的付出，都会在未来的日子里有所收获，良好的生活习惯本身就是一种精神财富，更是一种养生之道。每个人愿意成为什么样的人，与别人无关，重要的是你自己，改变自己的最好方法唯有自律，唯有努力。努力虽然不能彻底地让我们追赶上别人，达到与别人的状态一样，但会让我们不断地超越自我。我们也要有蜗牛往上攀爬的精神，它一寸一寸地爬，因为攀爬每一寸皆是突破。你只管努力，时间一定会给你惊喜。在奋斗中好好生活，做最好的自己！

酬功报德

2021 年 3 月 8 日

小的时候，我们的父辈就经常教导我们说，受人滴水之恩，当涌泉相报之。因此，这些年来，我的很多同学和朋友对于别人的帮忙、帮助、关心和支持都始终铭记于心；对于别人对我们的扶持和关爱更是学会不忘感恩。说实话，在这方面，我国当代著名画家齐白石先生做得极好、堪称典范！

我看过一则报道：早年时期的齐白石刚到北京，其画作被人们认为太俗，根本卖不出去，最终导致以卖画为生的齐白石饥寒交迫、风餐露宿。恰在这时，机缘巧合，他结识了当时赫赫有名的梅兰芳先生。虽只是一面之缘，但梅兰芳对他却十分欣赏。有一次，齐白石去参加一位大人物的寿宴，来往的名流领导甚多，却没人理会齐白石，这让他十分尴尬，直到梅兰芳到来。他一进门就发现了齐白石，并且迎上去，将齐白石介绍给大家。就这样，在梅兰芳的帮助下，齐白石的画作越来越出名，名气也越来越大。而成名后的齐白石丝毫没有忘记梅兰芳的恩情，专门画了一幅《雪中送炭图》送给梅兰芳，以表达他在自己困难时的出手相助。之后，梅兰芳想学习画虫草，齐白石欣然答应，并尽心传授全部所学。

因此，在我看来，人与人就是相识于缘、相交于情、相惜于品、相敬于德！"施人之心，不记于心；受人之恩，铭记于心。"珍惜才配拥有，在乎才会长久。人这一生，真情难求，能有永远一起真诚相处的关系，真是一辈子的福气啊！

野调无腔

2021 年 3 月 10 日

我认识的一个领导，无论在任何场合，无论对方他熟不熟悉、认不认识、别人喜不喜欢，他就跟人家瞎侃胡诌，还美其名曰：开个玩笑！事实上，看上去是开玩笑，其实不然。有人问我：这种没有素质的人怎么会当上领导呢？说实话，我也说不清楚。

实事求是地说，一个人可以没有学问，但绝对不能没有修养。生活中总有一些人，当对别人造成了伤害的时候，自己竟还浑然不知。说话口无遮拦，不分场合，还自诩心直口快开玩笑，简直是无稽之谈！其实，人生最大的缺憾不是没有财富地位，而是没有教养！孔子曰："己所不欲，勿施于人。"其实，教养的核心就是心里装着别人，当别人不喜欢你开玩笑，或你当着别人的面瞎扯胡说时你最好收敛。

因此，无论在任何场合，不让别人觉得难堪，能设身处地地为他人着想，一视同仁地对待所有人，这就是教养。所以说，与没有教养的人共处，如坐针毡；和有教养的人一起，如沐春风。教养，才是谦虚君子最好的模样！

去甚去泰

前天，传兵老兄给我发来一组"格局"的链接，我看了之后颇受启发。

知乎上有人问过："你认为的格局是什么样的？"有个高赞的回答是："既能享受最好的，也能承受最坏的。"事实上，真正有大格局的人，便深知生活的常态是高低起伏的，没有永远的一帆风顺。得到的是经验，得不到的便是经历。比如，苏东坡在数次被贬之后，依然能走哪吃哪。因为他深深地知道那些萧瑟处，只不过是"也无风雨也无晴"。他的豁达，是对生活的心怀高远。曾国藩时常用一句话告诫自己："盛时常作衰时想，上场当念下场时。"以低调之心，行高调之事。见过高山，方知下山不易，才会格外珍惜每一个随风而行的日子。

因此，终其一生，我们都是人生路上的一个旅者而已。心中有大格局，就如同占领了高地，既看得见前路的坦荡，更深知前路的崎岖不平；一程又一程出发，一期一会在当下！

好整以暇

近几个月来，我的儿子与他的同事们，因要录制的节目太多，时常加班到深夜，很多时候连轴转不说，还着急上火。前几天他和几位同事来信阳拍节目竟忙到凌晨一点半还没休息。于是我就告诉他：余生还长，不要着急，慢一点才能看见更美的风景。姜子牙 80 岁才遇见明主，司马懿 60 岁才得到重用，健康才是第一位的。

新东方创始人俞敏洪曾在一次演讲中说："你们用 5 年做成的事情我用 10 年去做，你们用 10 年做成的事情我用 20 年去做。"从古到今，真正厉害的人从来都不着急。《菜根谭》里说："岁月本长，而忙者自促；风花雪月本闲，而扰攘者自冗。"不着急的人，比快节奏的人更懂得体会生命的乐趣。

别着急就是对自己最好的温柔！

随遇而安

2021 年 3 月 20 日

我们经常说：要拿得起、放得下。那么，到底什么叫"拿得起放得下"呢？其实就是遇事看得开、想得开，实在想不开的，就相信命，相信一切都是命中注定。当一个人忽略你时，没必要伤心，想想每个人都有自己的生活。我们最尴尬的莫过于，经常高估了自己在别人心目中的位置。要走的人留不住，装睡的人叫不醒，不喜欢你的人感动不了。所以，你装睡就装睡，不喜欢我就算了，我行我素，我过我的日子。开始要学会和自己独处，享受生活的清欢。读一本书，品一杯茶，写一会儿字，让快乐和幸福常常陪伴。人生短暂，珍惜拥有，好好生活，学会拿得起，放得下，我们就是人生的赢家！

屈己待人

2021 年 3 月 23 日

前几天应友人之邀去参加一个饭局，不曾想到的是，当我的另一位老乡出现时，旁边的另外一个人忽然对我这位老乡（他两个也认识）说："你怎么又来了？"这位老乡顿时难堪至极！可他最终还是没有发作，忍一忍、让一让这件事就算过去了。

事实上，一个懂得让步的人，一定是一个教养很好、素质很高的人。他们能克制自己的情绪、控制自己的脾气。无论在任何场合、任何情况下，都可以沉着应付、把握分寸。有些人，不一定要针锋相对；有些事，未必去据理力争。因为你若有理，就不需去争；你若没理，就没脸去争；得理也要饶人，无理就会愧疚。忍一忍，让一让，会让你的生活减少不必要的烦恼，会让你的人生多份看得见的美好！

多让一让吧！在朋友面前，友情会更稳固；在家人面前，家庭会更和睦；在朋友面前，工作会更轻松。会让，你才是赢家，让了，你才是智者！

美意延年

2021 年 3 月 25 日

今年春节过后，我便接到我二十多年来十分敬重的一个老领导的电话：他的老父亲去世了。一周后，我又接到我一个老兄的电话：他的老母亲病故了。然而，两天后，我自己亲爱的大姐也因病走了……就在昨天下午，我一个三十多岁的同事的家人向我请假，说我的同事因患病正在市中心医院接受治疗……还有一位老兄，连续请假在郑州某医院伺候生病的妻子已经三个星期……

这一连串的事情不仅令我十分伤感，而且也给我颇多感悟：回望人生的上半场，因为年轻，很多人以为生命十分旺盛，于是暴饮暴食、连日地熬夜，肆意挥霍自己的身体，仿佛健康没有限额，直到突然大病降临，才恍然大悟：原来青春可以挥霍，而身体绝不可以。现在，人到中年了才体会到：身体不仅仅属于自己，家庭的幸福也与之息息相关。

事实上，人生最难保持的是健康，可最需要保持的也是身体健康！因为只有身体健康，才是对自己和家人的最好负责。

赤诚相待

2021 年 3 月 27 日

前天下午，因有件事情要去县里办，晚饭后返回信阳时，刚出县城，同行的一位表弟就对我说："哥，得停一下，我叔伯哥两口子又打架了，非得我去调解不可。"

实际上，人这一生中，人与人之间的关系是最难处理的，因为我们身边存在很多关系。比如：上下级关系、同事关系、邻里关系、婆媳关系、夫妻关系、亲子关系、亲戚关系、朋友关系、师生关系、同学关系，等等。我们每天围绕在这么多关系中，稍微处理不好，就是一种折磨！多少人因为关系处理不好，多少年的感情瞬间消失殆尽；又有多少人因为关系处理不好，最后导致连朋友都没得做；甚至有的连亲戚都老死不相往来；夫妻之间关系紧张到感情破裂、最后离婚！

因此，在很多人看来，人们生活的不幸福，很多情况下都是处理不好这些关系造成的，这样导致幸福感越来越低。

因此我想：我们在今后的生活中，彼此之间多真诚一些、多沟通一些、多理解一些、多包涵一些、多宽容一些、多谦让一些……若何？！

安之若素

都说世间最难平衡的就是人的心态，想想也有道理，每个人都有自己的思维，心态不一样是可以理解的。我身边就有一位朋友，因嫌工资有些低，时常抱怨不已……可这要是与那些还没有工作的或者是已经失业的人来比呢？他的工资在他自己看来，充其量只是低些而已，可那些人每月哪有一分钱的工资收入呢？说到底，就是我这位朋友心态的问题。

我曾经看到一条新闻：说一位车主因加班到深夜十分乏困，开车回家时，迷迷糊糊地把车开到了路沟里，还好人没什么事。于是，车主就打电话给拖车公司，因时间太晚要白天才能过来，车主索性回家睡觉去了。第二天一早，车主竟一脸开心地和自己掉进沟里的小车合个影，留作纪念。望着镜头中那张笑得如此灿烂的脸，试问：面对意外，又有几人能这么乐观呢？像这样豁达乐观的人，总能笑对人生的苦难；面对同一件事情，有人从中看到了希望，而有人则恰恰相反，问题的关键还是在于心态。

因此说，世界上最难平衡的是人的心态；心态是否平衡对一个人的影响是重大的，因为它会在你不知不觉中左右你的人生！

相视莫逆

2021 年 4 月 5 日

人们都说，人生最难找到的是知音。自古就是知己难遇，知音难觅。上中学的时候，我就读过春秋战国时期的音乐家俞伯牙和钟子期的故事。说俞伯牙善鼓琴，钟子期善听，至此才有高山流水遇知音的千古绝唱。然而，自钟子期病故后，俞伯牙便不再抚琴，从此，人世间再也没有了高山流水之音。

学生时代，我不太理解知音何意？只想着人与人之间好好相处就行。直到工作后我才慢慢发现，人与人之间的关系并非像我们想象的那样。随着时间的推移，我在纷杂的人际交往中，真的遇到了几位知音。他们是在县城里工作的 Z、J 和 XJ 三个老弟，尤其是前面两个，我们一年中也聚不了两次，XJ 弟也是偶尔周末回市里我们才能聚聚。可我们之间无论见与不见、聚与不聚，彼此的心灵是相通的，相互在微信中问候、在灵魂中牵挂……

因为事实上，真正的知音，不是表面的相随，而是心灵的陪伴；不是因外貌而产生好感，而是因缘份而生情；不是日日夜夜陪伴在身边，而是一份淡淡的共鸣和理解，更是彼此心有灵犀地碰撞与理解！

不觉技痒

2021 年 4 月 8 日

　　我们时常听身边的人谈起一个人的位置和平台的事情，在这个问题上，著名主持人白岩松曾说过："让一只狗天天上央视，就能变成名狗；但要知道，没了央视的舞台，很可能不用多久，它就会变回土狗。"这看上去虽然是句笑话，但却值得我们深思。

　　现实生活中，许多人如果一朝得势，或变得眼高于顶，或变得盲目自信。而认不清自己位置的人，只会让自己迷失。芮成钢曾是央视名人，但在各种鲜花和掌声中，他逐渐迷失自我，说话失言、做事失度，最后触犯法律锒铛入狱；岳云鹏出名后，也曾有过一段膨胀期，好在后来他意识到是德云社成就了自己，才及时醒悟过来。事实上，人，最大的愚蠢，就是错把平台当本事；把自己捧得越高，结果只会摔得越惨！

　　俗话说："人贵有自知之明。"很多时候，自己之所以能获得高处的荣耀，并不是因为自己长得高，而是自己站的位置高。人啊！只有认清自己的位置，才能远离傲慢，减少犯错，永远踏踏实实地往前走！

妄自尊大

心理学上，有种现象被称作"达克效应"。有些人在评估自己的能力时，会有种高估的倾向。并且一个人的能力越差，这种高估就越严重。事实上，真正的智者，不仅能够认清自己能力的边界，而且还更懂得让步。我曾看过一篇报道：曾经有位登山运动员，为了征服珠穆朗玛峰而准备了好几年，但在攀登到 7000 米时，体力尚有剩余的他毅然选择了后撤，对此，许多人表示不解。而他却回答说："7000 米对我来说已经是一个奇迹了。"尽管冲顶对他来说只是一步之遥，但他清楚自己的极限，逞能只会给自己带来生命危险。

俗话说："没有金刚钻，就别揽那瓷器活。"其实，一个人最可怕的不是没有能力，而是高估了自己的能力，说穿了就是自不量力！因此，凡事不仅要尽力而为，而且更需量力而行！

立地书橱

几年前，在县城工作的一位老弟就对我说，PC 兄是我们学习的榜样啊！因为这个人最大的优点就是热爱学习。这话说的一点不错，这些年来，PC 兄无论是在书法、文学甚至医疗卫生等诸多学科他都涉及并认真地学习，从不间断。所以，他无论在任何场合、对某个领域，他都能侃侃而谈、应对自如。

有个作家曾做过一个精妙的比喻：人的大脑如同仓库外界的所有输入，都变成了这个仓库里的存货。而不爱学习，没有好奇心的人，这个仓库里永远都是空的。事实上，知识与思想，永远是世界上最好的保养品。还记得去年有张刷屏一时的照片吗？武汉方舱医院里，那个躺在病床上的年轻人，安静地捧着一本书，在忘我地阅读着，病痛的侵扰并未打乱他的节奏，周围的种种喧闹更仿佛与他无关。网上的一则评论，至今让我感慨颇深："倘若一个人在自己的精神世界里，能够始终恬淡愉悦，一定是因为他的心中有一盏明灯。"

所以说，一颗丰盈的内心，永远也离不开知识的灌溉；那些你不断输入的养分，将是你行走世间最大的底气！

不饮盗泉

2021 年 4 月 15 日

我们常听人说：自己有时候出了差错或是犯什么事了，都是被这个社会给污染的。然而，事实上是：凡是内心干净的人，他们看到的整个社会也都是无比纯净的；一个真正干净的人，必定是见过人世间的复杂与阴暗，也经历过世俗的纷扰和烂漫。但他们却能走出半生，而归来后依然是少年。正所谓"出淤泥而不染，濯清涟而不妖"。其实，人生在世，自己出了问题，就是自己不干净做人、贪心太强造成的。干干净净做人，规规矩矩做事，这本就是条底线。只有有了这条底线，才能托起为人的更多本真，他的人格才更高贵！

因此，从今天起，愿我们都能清白做人，干净做事，去享受万物晴朗的美好，活出清静自在的人生！

推己及人

2021 年 4 月 18 日

昨天在网上看了一条消息，说一位右腿有残疾的姑娘，为一位 70 多岁的老大爷让座，默不作声地整整站了 10 站，在列车员查票时发现事情的原委后，善良的列车员把这位姑娘领进了餐车。接下来我又在微博上看到一个帖子，一个姑娘说，如果以后点外卖遇到来电而没有声音，记得查看一下短信，不要急着像她一样发脾气，也千万不要因为沟通不畅而随便给个差评，因为送餐员很有可能是个聋哑人。看得出来，发帖子的是个善良的姑娘，帖子里全是她满满的愧疚！因为她伤害了一个靠自己的双手去努力生活的人。所以，她在网上道歉，也想让更多的人知道，每个人都生活得并不容易。

经常有人问我：我们的世界会好吗？我的问答是：会，一定会的！因为今天，你如果愿意跟善良的人说声"谢谢"，让他们觉得这个世界上没有那么冷漠，善良背后有无数人的感激和庇护；如果今天，你愿意为自己的坏脾气道个歉，让那些被你伤害却又一直保持善良的人知道，善良真的值得被珍视。

愿我们都能选择做一个善良的人，懂得感同身受他人处境的艰难，愿意伸手拉一把。哪怕只是一个微不足道的善举，也能帮助低谷里的人们；哪怕只是点滴的温情，也会给这个世界带来无边的春色！

自媒自炫

2021 年 4 月 22 日

几年前，有个朋友给我介绍了一位朋友；而几年后我这位朋友突然间不理他这位朋友了，究其原因，朋友说，他那位朋友原来爱自吹自擂，不太靠谱。

孔子说：君子讷于言而敏于行。意思是说，一个靠谱的人说话谨慎，行动敏捷。再换句话说，就是嘴上不枉言、不吹嘘、更不胡说，踏踏实实做好自己的事情。靠谱的人低调、诚恳，他们靠自己的才能和努力，兢兢业业、脚踏实地地来获取事业上的成功，并收获威信和他人的信任，从来不会吹嘘自己有多厉害！而喜欢吹嘘的人，刚开始接触时，可能让人觉得他无所不能，并且对他还有所好感。但几番接触下来，尤其是遇到实实在在的问题时，他的行为或做事的效果与他之前夸下的海口严重偏离。

因此，踏踏实实做人、实实在在做事，有多大的能力就做多大的事，这样的人才会永远经得起时间的考验！

谦谦君子

2021 年 4 月 25 日

都说"谦谦君子，温润如玉"。事实上，真的如此。要知道，谦让不仅是一种修养、一种风度，更是一种高尚的境界、一种达观的处事姿态，是心态上的一种成熟、心智上的一种淡泊。

俗语说："处事让一步为高，退步即进步的张本。"这句话我非常赞同。记得不久前某个场合，一位仁兄因一句话，惹得另一位大为光火。不料，那位大为火光的仁兄不仅不与他生气理论，反而站起来双手抱拳连连道歉！然后大家皆大欢喜。所以说，懂得谦让的人，并非懦弱，而是比不让的人更多了一分智慧和修养。

不知大家读过金庸的小说《书剑恩仇录》没有，书中描写的就有这么一个情节：乾隆皇帝送给陈家洛一块玉佩，上面刻着"谦谦君子，温润如玉"8 个字。可我认为，这世上，能担得起这 8 个字的人不多，而能做到"谦让"的人也很少。

但愿我们都能始终温和、谦逊；为人处事都能宽宏大量一些；只要心里装着别人，就如温润的美玉一样，让人感到暖心、舒服而美好！

情重姜肱

2021 年 4 月 26 日

我本家有个大哥，一年到头衣着穿戴都邋里邋遢，为此，老家的叔伯兄弟不大待见他。可我每次在节假日期间回去看望母亲时，在吃饭时我都让他和母亲一起在上席入座。兄弟姐妹有些不解，我就告诉他们，他是我们同族的大哥，他一样要受到尊重，越是这样我们越要尊重他。

不知大家想过没有，"尊重"两个字看似轻于鸿毛，实则重于泰山啊！它就如空气，是人与人交往融洽之道。懂得尊重别人的人，总是让人舒适温暖，就像闻淡淡的幽兰，宛如睹春日的青山。人这一生，因为明白了众生相，所以宽容；因为见了天地，体会到什么是伟大与渺小，所以谦卑；因为见了自己，感受了本我和真我，所以豁达。

所以说，一个真正懂得尊重别人的人，一定是一个宽容、谦卑、豁达的人。这样的人，总会让人感到温暖，就像雨后的空气，清新自然；更像多年的知己，倍加暖心！

翘首以盼

2021 年 4 月 28 日

我有很多朋友和网友，经常发短信对我说，他们早上起来的第一件事不是洗漱，而是等着看我写的日记。称我写的这些生活上、工作上、待人接物上、为人处事上的一些感悟，对他们起到诸多的启发和警示作用，但无论真假，我很欣慰！

朋友和网友等读我的日记这一很小很小的事，不由得让我想起了我国当代著名的散文家、文化史学家余秋雨先生所说的"等"。先生说：炊烟起了，我在门口等你；夕阳下了，我在山边等你；叶子黄了，我在树下等你；月儿弯了，我在十五等你……

事实上，我们所要等的是：一朵花开，细嗅生命的芬芳；一株草盛，共享春日的美好；一场烟雨，朦胧你我的距离。唯有等到了一个人，才会丰盈我们人生留下的遗憾和空白！

值此清欢春日的美好季节，我在等风也在等你……

相知无远近，万里尚为邻

2021 年 4 月 30 日

都说"人生何处不相逢"，只要有缘，不论早晚，终会遇见，这话太对，我信。记得 2019 年下半年，因身体问题去郑州一省直医院住院，在同一病房里遇到了在省公安厅工作的房君。通过聊天得知，我信阳的很多朋友与他居然也是朋友。如今快两年了，我俩在微信上问候聊天每天从未间断过。大有相见恨晚之感！

有人说，无论是什么样的感情，能够遇见就是一种缘分。即使最后没有达成你心里想要的结果，也不要过于自责，因为在这个过程中，或多或少都曾有过快乐在你身边围绕。在人与人的感情中没有太多的对与错，能够彼此理解、彼此懂得就是莫大的幸福。缘深时，不早不晚终相聚。正如王维在《少年行四首·其一》中所言："新丰美酒斗十千，咸阳游侠多少年。相逢意气为君饮，系马高楼垂柳边。"

事实上，生活中最撩人心魄的地方是，你永远不知道在下一刻，在哪一个地方，会有哪一个人，不早不晚，不远不近与你重逢、为你等在那里！

愿我们的一生，都至少有一个这样的邂逅。无论何时，无论何地若遇有缘人，一定要珍惜！

雅人深致

2021 年 5 月 5 日

闲暇之余，经常和朋友们一起喝茶聊天。很多朋友便列举出很多例子说，谁谁谁人好，脾气好，从来没见他发过火；谁谁谁不行，动不动就爱训人，从不给人留面子，让人很难堪……

爱默生说过，凡有良好教养的人，都有一个禁诫，那就是：勿发脾气！人们往往觉得，好脾气的人就是没脾气，其实不然，恰恰相反。脾气好并不意味着没脾气，而是因为他不但大度而且还讲道理；有脾气是因为他有原则。也就是说，在原则面前是绝不让步的。事实上，人都是有脾气的。一副好脾气不仅体现出一个人的素质，更体现出一个人的涵养。因此说，我们可以什么都没有，但绝不能没有一副好脾气。

莫逆于心

2021 年 5 月 8 日

九十年代初期，因工作需要，我一老兄去我所在的家乡任党委书记。一年以后，我与老兄开始有了交往并产生之后的交集。三十年了，我和老兄从相识到相知，谈天文道地理，说唐诗言宋词，想说什么就说什么，彼此间没有隔阂没有避讳，也许这就是知己吧！

有人说，人一生至少该有一次为了某个人而忘了自己，不求有结果，也不求同行，更不求曾经拥有，只求在我最美的年华里遇到了你。而我说，人生至少该有一次，为了某句词而忘了自己，不求耳目一新，也不求感同身受，更不求意境深远，只求在初见的那一刻，便过目难忘。这就好比一首宋词，有种情思，即使过去千年，若今天重新诵读，依然让人刻骨铭心。这也好比是最好的关系，虽然说天天不在身旁，却始终装在心上！

所以说，回首岁月我很感激！是你出现在我的生命里！

昊天罔极

2021 年 5 月 13 日

在母亲节那天，我先去看望我慈祥而又善良的岳母，接着又去陪伴我可亲可敬的母亲，待在两位母亲身边，这可真叫一个幸福啊!

说实话,对于我们来说,说多少声感恩都不够;对母亲来说,即使我们不说感恩,她也依旧内心愉悦。季羡林说:世界上无论什么名誉,什么地位,什么幸福,什么尊荣,都比不上待在母亲身边。不知大家体会到没有,母亲与子女的关系有一种永恒的默契。因为母亲始终懂得孩子所有的辛苦,心疼你闯荡的不易!就算你不言不说,她也都明白,她是照耀在孩子心间的暖阳,更是最美的解语花。

法国有一句名言说得好:女人固然是脆弱的,但母亲却是坚强的!时光啊!如果可以的话,请你慢些走,我想好好陪伴她,因为对于母亲,我们有太多的爱和牵挂!

幸福是感觉

2021 年 5 月 15 日

昨天晚上吃饭时跟朋友闲聊,他问我什么是幸福!说实话,我一时还真没法问答。今天早上起床后我打开《辞海》查了查,说幸福是指一个人自我价值得到满足而产生的喜悦,并一直保持现状的心理情绪。

想想也是。比如没事的时候去钓钓鱼就十分幸福,闲了的时候养养花也快乐无比。在我看来,大千世界,芸芸众生,执着地活着,去追求爱情的甜蜜、婚姻的圆满、事业的成功,不都是为了寻找灵魂的幸福吗?其实,大家慢慢地就会感觉到,幸福就是上帝掷到人间的一块很费思量的诱饵,没有得到的时候,它让你魂牵梦萦，而一旦得到，又让你感到味道索然。

因此，无论你是钓鱼养花，还是喝酒唱歌……只要自己满足就是最大的幸福！

攀比影响生活质量

2021 年 5 月 18 日

在现实生活中，我们总会听到这种声音：张三又高升了，李四家的孩子出国了……自己怎么就不如别人呢？他们总拿自己与别人比较，他们把自己和别人放在同一起跑线上，比前后的差距，比职务的高低，比工资的多少，甚至比房子的大小和儿女的异同。这种看似有三六九等的比法，其实是人性之外的一种社会比较。这种比较最容易使人用别人的模式来框定自己的人生，让本是鲜活而独特的生命失去自己应有的张力。

事实上，树上的每一片叶子都是相似的，但又是不同的。芸芸众生各有特色也各有所长。他有将军之才，你有诗文辞赋之长；他能唱歌，你善跳舞……没有一个人是为了和别人相同而生的。人啊！来到这个世界上各有天赋和自己的使命！米兰花虽小却清香扑鼻，罂粟花虽艳却淡而无味。鄙浅有鄙浅的妙处，华贵有华贵的悲哀！高官厚禄者与庸常贫贱者，一个在山顶一个在山脚，所处的位置是那么悬殊，可两者所看到的对方却是同样的大小。

因此，在我看来，作为人，最智慧的处事方法就是珍爱自己的风格，守住自己的精神园地，保持自己的个性尊严，使自己成为一个最好的自己！

明月入怀

2021 年 5 月 21 日

凡是去过乐山大佛景区的人应该都注意到了，在景区凌云禅院中弥勒佛坐像的两旁写的一副对联。上联是：开口常笑，笑天下可笑之人。下联是：大度能容，容天下难容之事。这副对联，把弥勒佛的形象刻画得淋漓尽致、趣味盎然！所谓大度，其实就是指一个人的"度量""气量"。如果一个人没有忍与让的气度，是很难成就一番事业的。

在现实生活中，聪明的人遇到事情一定会忍让。因为他已经看淡了世间的得失，他会让自己的生活变得轻松。聪明的人不争不抢、无欲无求，遇到事情才会忍让！因为他们深深地懂得：容忍谦让不仅仅是一种人生理念，更是一种豁达的心境。他们不在乎别人的流言蜚语，也不计较自己的得与失！

事实上，我们立于这个纷纷扰扰的人世间，不是为了博取一份世俗的肯定，更重要的是为了寻找自我，追求我们内心的所有想法；我们不是为了别人的掌声而活，是为了给自己留下一个无悔的人生！

赤口毒舌

2021 年 5 月 22 日

人们常说："病从口入，祸从口出""言多必失"，等等，仔细想想，这些都是离不开口的。然而，在现实生活中，就有那么一些人，也许是有意识或无意识只顾着自己去说，到头来得罪了别人自己还感到莫名其妙。事实上，很多事情发生的原因就在于"祸从口出"。前不久，笔者就亲眼看见两位老兄就因说话时言语不当而产生了分歧。

古语言："良言一句三冬暖，恶语伤人六月寒。"少说话，多倾听，尤其是在人多的场合更应该尽可能的少说话，从而避免因言语表达不当而带来不必要的争端。其实，因为爱说话的人本来就失去了那份本该有的宁静之美，更何况还有"言多必失"呢！所以，还是那句话说得好：人啊，请三思而后行，三思而后言吧！

三尺巷

2021 年 5 月 23 日

在当今社会中，人们都喜欢按照自己的标准去看别人，戴着有色眼镜来看这个社会。所以，看到别人的时候总是觉得这也不好，那也不对，看我们这个社会也觉得到处都不是那么完美。其实呢，人与人之间相处真的很简单，该让的地方让一点，该退的时候不要往前挤，如果这样，大家肯定会团结友善、和睦相处的。

记得康熙年间，文华殿大学士、礼部尚书张英在京做官时收到一封家书，信的内容是邻居建房时占了自己家的一点儿宅基地，家人写信的意思是，张英做这么大的官，一定要凭借手中的权力，让邻居拆除建房、退回多占自家的宅地。岂料，大学士张英竟给家人回信说："千里修书只为墙，让他三尺又何妨。万里长城今犹在，不见当年秦始皇。"他在回信中劝家人，让一让吧，邻里和睦才是大事呢！并且他向家人阐述，人与人相处，应该少一点儿抱怨，多一份谅解；少一份纷争，多一份和谐；少一些痛苦，多一些开心。是啊！如果人们都用和谐的眼光来看我们的社会，那么，我们的社会一定会更加美好！

国士无双

2021 年 5 月 26 日

"共和国勋章"获得者、中国工程院院士、国家杂交水稻工程技术研究中心主任、湖南省政协原副主席袁隆平同志，因多器官衰竭，于 2021 年 5 月 22 日 13 时 07 分在长沙逝世。尽管这个消息发了删、删了发，可我们又是多么希望这个消息是假的啊！然而，这的的确确又是真的，这个解决了半个中国温饱问题的老人真的走了！他是当代的神农，杂交水稻之父；他毕生辛勤耕耘、执着追求；他远离名利，只为关爱民生、造福人类！今天，我们敬爱的袁隆平先生虽然驾鹤西去，但他的精神永存！因为天上有一颗永恒的"袁隆平星"。

几十年来，先生的伟大目标就是让全世界的人们都有足够的食物。因为他深深地知道，这关乎饥饿、关乎生存、关乎温饱、关乎幸福！一稻济世，万家粮足。这正如央视在感动中国给袁隆平同志的颁奖辞中所写的那样："他是一位真正的耕耘者。当他还是一个乡村教师的时候，已经具有颠覆世界权威的胆识；当他名满天下的时候，却仍然只是专注于田畴；淡泊名利、一介农夫，播撒智慧、收获富足。他毕生的梦想，就是让所有人远离饥饿。喜看稻菽千重浪，最是风流袁隆平。"

先生啊！国士无双！一路走好！永垂不朽！

益谦亏盈

2021 年 5 月 26 日

人们常说，要低调做人，高调做事，那么，这句话究竟是什么意思呢？以我个人的理解，它的意思应该是：做人要谦虚、内敛、谨慎、诚实、正直，万万不可张狂嚣张、妄自尊大。而现实生活中，有的人有了点权力便高高在上，颐指气使；有的人挣了俩钱便口吐狂言、不可一世，这世界都是他的，何等了得！

事实上，这个世界上没有最高，只有更高，谁也不可能总是站在巅峰之上，所以说，人啊，何不将自己看低一点呢？低唱浅酌，低声细语，这又是何等的安逸闲适啊！又何必总是曲高和寡呢？也许大家都知道，诸葛亮一生料事如神，可以观天象借东风，但他却没有算到自己会败给司马懿，最后郁郁而终。李白说过：天生我材必有用。每个人都有属于自己的闪光点，可每个人的能力也是有限的。其实，真正有实力的人是懂得低调的，他们有充分的自信，不在乎自己低一点而被人瞧不起。因为他们懂得丰满的稻穗是要低着头的这个道理。

曾经有人问苏格拉底：天地之间有多高？他答：三尺！人

要想立于天地之间，就要懂得低头啊！我以为，一个人要想成功，必须先学会低调，只有低调才会使我们更快乐，使我们更顽强地拼搏，更快地走向更大的成功！

正身清心

2021 年 5 月 30 日

在日常生活中，我们几乎每天都可以听到这样的话："唉！我怎么这么倒霉呢？大清早的骑个电动车被人碰到了。""讨厌！干啥都不顺，烦死了！"等等。实际上，生活中，任何一个人，每天或许都会遇到"小风小浪"，但你千万不要一个劲儿地去抱怨，始终要保持一颗开朗的心啊！

事实上，人世间的一切名利都是虚幻不实的，真正的名利是一个人的心地善良，只有人们说你好，才是最好的名利。只要心情舒畅、开开心心、健健康康，就是最大的利。我们只要保持一颗开朗的心，善于缓解一切压力，消除所有的烦恼，以乐观的态度去面对困难，少一些抱怨，不断提高承受挫折的能力，可以换一个角度去想一想，那么，你就会心情舒畅、海阔天空。

其实，岁月是很公平地对待我们每一个人的，即使不会使你变得更优秀，但也教会了你许多经验。面对生活中的种种不易，我们是无法逃避的。但我们一定要坦然面对，给自己一个饱满的微笑，保持一颗开朗的心，之后你再去发现，雨后的天晴真的很漂亮！

童心未泯

2021 年 6 月 1 日

今天是儿童节，首先祝小朋友们节日快乐、开开心心、健健康康、幸福无边！

说起儿童节这一天，不仅仅是小孩子的节日，而且我们大人也十分喜欢。怪不得我们的同学群被聪明的群主起名为"老玩童"呢！因为他想让我们每一个同学都有一颗童真未泯的心。在烦恼的时候，想一想童年的美好；困难的时候，想一想童年的快乐；郁闷的时候，想一想童年的自由；失意的时候，想一想童年的无忧！事实上，童年还是一串远去的脚印，虽然久远，但依然感觉清晰；童年还是一列远行的火车，虽然遥远，但仍然让人着迷；童年更是种子，在快乐的土壤里茁壮成长！

言归正传。儿童是我们的未来，是我们的希望，是我们国家最宝贵的财富。年少宏图远，人小志气高！六一是孩子们的天堂！六一的歌是甜的，六一的花是香的，六一的小朋友们个个都是美的！儿童节，儿童节！因为童年是美好的，充满自信；童年是开心的，无忧无虑；童年是花朵，充满生机，富有活力！

最后，祝愿每一个孩子都健康成长、开心快乐！祝福每一个青年人、中年人和老年人都童颜大悦、幸福满满！

攀蟾折桂

今天是 2021 年 6 月 7 日，是一个非常重要的日子——2021年高考的第一天，是每一个考生人生的转折点！所以，这一天，无论你要做什么，千万都不要耽误去考场啊！面对人生的机遇，我们要牢牢把握；面对人生的抉择，我们要慎重取舍；面对人生的方向，我们要谨慎决策。

今天高考，我们将最好的运气、最好的问候、最好的祝福送给你们！十年寒窗苦读日，只盼金榜题名时。今天，把你们的实力全部发挥出来，请相信，所有关爱你们的人，都会为你们祝福！愿每一个人都能考出好成绩，进入自己理想的大学。

欲洗高第

今天是 6 月 8 日，是高考的第二天。昨天上午，信阳市委常委、市纪委书记、市监委主任杨蕾，副市长杨淑萍、侯钦东一行分别来到市考试指挥中心、信阳高中新校区考点，巡视我市 2021 年高考工作。市监委委员曹建华、市政府办公室副主任江发刚、市教体局党组书记、局长、二级巡视员苏锡凌等陪同巡视。

今年,信阳市高考报名人数共有 74405 人,比去年增加 5452 人,增长 7.9%。其中,普通类 63067 人,对口生 5333 人,专升本 6005 人,高职单招录取后,实际参加考试为 64069 人。

寒窗苦读,星月相伴。莘莘学子,加油!祝你们每个人在高考的考场上,都能够稳住心态,及时调整,正常答题,超常发挥!我们有理由相信,你们的成绩会照亮整个夏天,然后带着你们的期许,去见你们从未见过的风景。

星光不问赶路人,时光不负有心人。六月好事正酿,愿每个考生都能够如愿以偿!

虎兕出柙

2021 年 6 月 15 日

昨天晚上与好友小聚,我们一起谈到了近期发生的安全事故问题。第一个事故是:2021 年 5 月 22 日,在甘肃 2021 年(第四届)黄河石林山地马拉松百公里越野赛中,因受大风、降水、大幅降温的影响,21 名参赛选手死亡、8 人受伤;第二个事故是:2021 年 6 月 13 日 6 时 40 分,湖北十堰市一社区集贸市场发生燃气爆炸,造成 138 人受伤(其中 37 人重伤)、12 人死亡。

甘肃马拉松百公里越野赛事故发生后相关责任单位、责任人已分别作了处理,这里不再赘述。十堰市燃气爆炸事故发生后,习近平总书记对此作出重要指示!总书记特别强调:最近全国多地发生安全事故,要全面排查安全隐患,做到八个字很关键，那就是："举一反三，压实责任。"

事实的确如此。我们常说，"千里之堤，溃于蚁穴"。实际上，每一件事故发生前都不是毫无征兆的，往往是我们背后对存在隐患及苗头的忽视。所以说，"举一反三，压实责任"就是要首先在思想上筑起防线，看平安无事中有没有疑点，在日常操作中有没有异常。宁可多想一点，也绝不能视而不见。其次是制度要完善，流程要规范，该遵循的章程再烦琐也要坚守。最后要说的是，安全保障是一个系统工程，比我们想象的要艰巨得多。这不是几个人的事，而是每个人的事啊！

只有每个环节、每个岗位都尽忠职守、多管齐下，才能真正让安全不掉链子，永远在线！

碧血丹心

2021 年 6 月 17 日

2021 年 6 月 15 日上午 7 时 30 分，95 岁高龄的抗美援朝老英雄张计发走完了自己传奇的一生。

1945 年 7 月，自幼饱尝生活困苦的放牛娃如愿参加了八路军。1951 年，他随部队入朝作战。小的时候，我基本上是搬着椅子，在露天广场看电影《上甘岭》长大的。我清晰地记得，在上甘岭战役中，连长的原型张计发是如何经历了此生最难忘的战斗的。

说实话，小的时候我就很崇拜英雄。然而，让我没有想到的是，大学毕业分配到信阳工作后，我竟然与老英雄住的地方相距仅三百米左右，堪称邻居啊！每次上班的时候，看到老英雄在门口晒太阳时，我不禁驻足，心中敬佩之情油然而生。

他的家人常说，只要老英雄吃到好饭、喝到好酒，他总会想起牺牲的战友，时常默默无语、老泪纵横！今年春节前夕，看着红彤彤的苹果，老人又一次陷入回忆：上甘岭的苹果，是他吃过最甜的，也是最苦的一个。

他替自己的战友们见证了他们以生命守护的国家日益走向强盛；百年风雨沧桑，多少英雄往事，多少酸甜苦辣，我们再一次播放。

百年初心如磐，为了人民的美好生活，我们一代代中国共产党人尝尽了人间百味！

张计发老英雄一路走好、永垂不朽！

宅心仁厚

2021 年 6 月 18 日

昨天晚上与几位朋友小聚，其中一位还是学友老弟介绍我认识的。有两位老友私下对我说，学友介绍你认识的这位朋友厚道、可交。

都说一个人的厚道不仅是一种品质，更是一种高尚而可贵的心态；都说厚道之人，无论在什么样的条件下，往往都活得明白、轻松和洒脱。从这种意义上说，厚道者，已经是得道者。因为与厚道的人交往不需要设防，心里一直都敞敞亮亮，不累；跟厚道的人在一起，更不用担心人善良的本性会失去，因为近朱者赤。

学友老弟曾几次问我，我俩的观点始终一致。因为我们两个都知道，厚道的人更多的在于内心的充实，而不在于表面的富足。善良的人懂得给别人留一些空间，而自己则更表现出一种浑然天成的气质！

愿我们都做一个真诚而厚道的人吧！

过庭之训

2021 年 6 月 20 日

今天是父亲节。而每年 6 月的第三个星期日都是父亲节。

说实话，我是不太喜欢过洋节的。但是，这个节日，我们每个人都值得一过。因为我们对于父亲，从内心来说，有太多太多的感慨！那些年，那些事都深深地藏在心中。多年以来，父亲给我的感觉是无言、深沉，也许还有男子汉的粗犷、淡泊，也许还有男人的骄傲与豪爽。然而，父亲的背影最能触动我，也最意味深长。

多年以前我还在上中学，在学习品读朱自清的《背影》时，内心的感觉并不是十分深刻。可就在几天前，当我又重温《背影》的时候，内心的感觉却异常细腻、浓厚、伤感，眼泪不经意间滑落脸庞。泪眼迷离间，我仿佛看到了我的父亲和岳父在生前为养育我们兄弟姐妹以及对家庭的操劳付出的心血。

都说"男儿有泪不轻弹"，父亲有病不爱去医院，父亲有苦往肚里咽。的的确确，这就是父亲！一生的父爱，真的是不能用只言片语就能随意囊括的。这是一种既深沉而又伟大的感情啊！

拳拳在念

2021 年 6 月 22 日

昨天早上，当我写完日记，准备去上班的时候，便拿出手机，给我刚刚卸任县政协主席一职的学弟打了个电话。其实，打电话的时候总感觉想要说的话很多，但是真到通话的时候，却又不知道说什么才好。只是觉得，我俩虽然有一年多的时间没有见面了，电话也几乎打的很少，但是心中那份不舍与牵挂时常魂牵梦萦。几十年来，我们兄弟俩情同手足、感情甚笃！究其原因，全是一个"懂"字。

很久以来，连我自己都没明白，原来我与学弟之间，为什么心中时常想念与牵挂，全是因为彼此理解。彼此理解，是因为我们都了解成功背后的艰辛，清楚坚强背后的不屈；即使我俩再长的时间没有见面，我们也彼此永远都把对方装在心里。这不像是爱，它可以轰轰烈烈，而"懂"是平平淡淡。我们之间的懂，不是语言，也不是亲密，更不是给予，而是心有灵犀，默契而自然地相互吸引。

记得张爱玲曾经说过："因为懂得，所以慈悲。"她的友人同样回了她八个字："因为相知，所以懂得。"不知学弟以为然否？！

世事洞明

　　我们经常听别人说，张三的智商高，李四的情商高，而王五的智商和情商都高！事实上，一个人的成就，情商占 80%，专业技术和智商占 20%。哈佛大学人才辈出，主要原因不是专业技术，而是注重情商教育！因为高情商的人对工作、生活和感情都保持热情，并且更有激情！他们从来不会让自己的不良情绪去影响工作和生活。他们心胸宽广，从不斤斤计较；任何时候都有一颗宽容和包容的心；他们善于沟通，善于交流，坦诚待人，真诚礼貌；他们每天都能保持一个好的心情，早上起来先送自己一个微笑，并告诉自己，自己才是最好的。

　　不知道大家平时注意过没有，真正高情商的人，他们无论在哪种场合都善于聆听别人讲话，仔细聆听别人到底在说些什么，而不是自己口若悬河；高情商的人从不推卸责任，当遇到问题的时候，首先想到的是分析问题，然后想方设法地去解决问题，并勇于担当不推诿；他们更善于发现生活中的美好，以真诚的心来热爱我们的整个世界！

遇人不淑

2021 年 6 月 28 日

昨天上午，我去参加一个同学举办的一场活动。在和我们到场的同学闲聊时，我无意间听到旁边在场的一位客人说："这辈子要是我不遇到谁谁就好了，至少我不会走很多弯路……"

事实上，同学邀请来的这位客人说的这番说，日常生活中我们也经常听说。有些人还说，要不是遇见了某个人，他就不会因此浪费这么多时间，甚至也不会掉那不该掉的眼泪，伤那不该伤的心，等等。然而，不知大家想过没有，你这一生，或许不会在这段感情中失落，但你有可能会在下一段的感情中错过。人的一生，虽然会遇到很多人，但并不是每个人都能在你的生活中留下深深的印记。我个人认为，既然他来了，总会给你带来一点儿什么，要么他教会你怎样做人、怎样做事；要么他教会你如何去爱、如何成长；要么他教会你怎样放弃。

其实，人的一生，相遇原来就是一场缘分。无论是萍水相逢，还是莫逆之交，遇见了就应该感恩，就应该珍惜，就应该坦然地去面对和接受！

拉捭摧藏

2021 年 7 月 2 日

大家是否经常听到你身边的人抱怨，在自己身上发生太多太多不愉快的事，他们甚至无论怎么想都想不通。为什么这些事又恰恰都会被自己遇到呢？这简直是邪了门了，不可理喻！

就因为如此，他们可能觉得自己就是这个世界上运气最差的人。而他们不知道的是，这辈子该你遇到的你躲避不了，不该你遇到的你怎么都求不来。然而，不管是好是坏，只要你换个角度去想，都会对你有所裨益。

其实，我们每一个人，在人生的旅途中，都会有挫折，都会遭遇困难和麻烦，你藏不了、躲不过，更推不掉。但重要的是，无论在任何时候都不要去问该不该发生这些事，而是让自己在这个过程中有所提高、有所进步，这才是聪明的人应该有的格局、眼界和智慧！

张脉偾兴

2021 年 7 月 5 日

昨天周日，一好友邀我晚上小聚一下，因有其他事情要办，所以，当我赶到朋友指定的位置后就差不多快七点了。可吃饭的时候，我却没有发现朋友邀请的另外两个人，事后得知，因他们二人没事闲聊时，扯了一些陈谷子烂芝麻的事闹了情绪，最后竟然摔门而去。

现在冷静地想一想，多大个事啊！至于吗？《增广贤文》中写道："心似平原走马，易放难收。"意思是说，任意放纵，不知道约束管理自己的性格，是非常危险的。

所以说，做事冲动，意气用事，是惹祸的根源，而且损人也不利己。因此，人啊！不管任何时候都不要做情绪的奴隶才好！

嘉言懿行

2021 年 7 月 12 日

昨天我在日记中写道，家长在教育孩子方面，教育得好与不好，与家长跟孩子说话时的语气有着至关重要的关系。为什么这样说呢？我们不妨来看一下家长对孩子说话时信任的语气吧！

大家仔细想一想，孩子在接受教育和成长的过程中，是不是特别希望得到大人尤其是自己父母的信任呢？所以说，我们在对孩子说话的时候，要表现出充分的信任感才是。

举个例子说，我认识的一位朋友，他的儿子想去学钢琴。于是，我这位朋友毫不犹豫地用信任的语气对儿子说："儿子，你只要努力，认真学习，一定会把钢琴学好的，说不定将来还会成为一个钢琴家呢！"就这么一句信任的话，无形中便给孩子增添了一份自信，而且也让孩子明白，只要持之以恒，就能获得成功！

学习钢琴如此，其他事情亦如此。可反过来说，如果你用挖苦和嘲讽的语气对孩子说："就你那三分钟的热度还想学钢琴？切，一边凉快去吧！"请问，用这种语气对孩子说话，这无形中是不是给孩子的自尊心带来严重的伤害呢？试问：孩子还有信心去学习好钢琴吗？！

嘉言善状

2021 年 7 月 15 日

昨天我在日记中写道，孩子在接受教育和成长过程中，家长对孩子说话时的语气十分重要！前面我们已经说到"信任的语气"，今天我们再来说一说"尊重的语气"。

众所周知，从二三岁开始，孩子的自我意识就开始萌芽。尤其是随着年龄的增长，在入学之后，这种自我意识便会愈发强烈。孩子不仅慢慢地有了自己的一些主见，而且，也逐渐知道了一些自己的能力。当他提出一些自己不同的看法和要求时，千万不要认为他是不听你的话、跟你对着干而去粗暴地反对他。如果你要求孩子去阅读或去写作业的时候，可他仍然还要与小朋友玩一会儿，你这个时候千万不要发脾气并训斥孩子。

也许家长一时生气，说这话的时候没想太多。岂不知，这样做不仅看不到你想要的结果，反而让孩子更加反感、厌恶学习。此时，你应该用尊重的语气对孩子说："那好吧，你再玩一会儿，不过，再玩一会儿后记得一定要抓紧时间去看书学习写作业哟！"家长朋友们，试试看吧，这样做效果是否会好一些呢？

沂水春风

2021 年 7 月 17 日

前两天我在日记中写道，孩子在接受教育和成长的过程中，家长对孩子说话时务必要用"信任的语气"和"尊重的语气"。那么，今天我们一起来说一下"商量的语气"。

孩子渐渐地长大了，他们应该都有很强的自尊心了。如果我们想要孩子去做某件事情的话，我们就要用商量的语气跟他说话。我们这样做就是要让孩子明白，他跟你之间是平等的，你也是尊重他的。大家肯定都知道，当家长的一般都会给孩子买些玩具，而孩子在玩玩具的时候也会丢的到处都是，这个时候，你如果想要孩子把扔的到处都是的玩具整理收拾一下，你不妨这样对孩子说："宝贝，乱丢乱扔玩具是不对的！你跟妈妈一起把玩具收拾一下好吗？"

我们一定要记住，千万不要用命令和责备的口气跟孩子说："你怎么回事？玩具玩完了就乱丢乱扔！赶紧去收拾好，不然的话，小心我揍你！"当孩子听到这些责备的话时，心里不仅抵触而且反感。大家可以试想一下，即使孩子按你的要求去做，肯定也是不开心的啊！

精忠岳飞

2021 年 8 月 3 日

前天与友人聊天，聊到了岳飞背上的刺字，经查证得知，这"精忠报国"四个字，竟被我们误读了一千多年啊！

其实，岳飞背上真正刺的是"尽忠报国"四个字，而并非现在我们常说的"精忠报国"。如果单从词汇上来讲，这两个词都没有错。"尽"的意思是全部用出、竭力做到，比如尽心、尽力、尽职、尽忠；而"精"的意思是专一、深入，比如精深、精诚、精湛、精忠。《宋史·岳飞传》曾明确记载："（秦）桧遣使捕飞父子证张宪事，使者至，飞笑曰：皇天厚土，可表此心。初命何铸鞫之，飞裂裳以示背，铸有尽忠报国四个字，深入肤理。"

那么，为什么至今我们仍然更熟悉"精忠报国"这四个字呢？第一是因为宋高宗。当时，宋高宗为了表彰岳飞，曾御赐"精忠岳飞"四个字。《宋史·岳飞传》中说："（岳飞）入见，帝手书'精忠岳飞'字，制旗以赐之。"第二是因为《说岳全传》。文中写道："（岳飞）就将衣服脱下半边，安人取笔，先后在岳飞背上正脊之中写了'精忠报国'四字，然后将绣花针拿在手中，在他背上一刺……"

但事实上，关于岳母刺字这段佳话，在史书上并无任何记载。由于当时的宋人十分流行刺青刺字，岳飞背上的刺字更有可能是岳母请的专业的刺青师所为。而到了清朝以后，岳飞背上的"尽忠报国"在民间逐渐演变成了"精忠报国"。尤其是当代描写岳飞的评书、影视、歌曲等，更是以讹传讹，扩大了我们误读的"精忠报国"的影响力。

不知大家注意过没有，无论是在现在杭州的岳飞墓，还是在汤阴的岳飞庙前，我们都能看到："尽忠报国"。因为这四个字不仅仅是刺在了岳飞的脊背上，更是刻在了我们中华民族的脊梁上啊！

良好的个性胜于卓越的才智

2021 年 8 月 15 日

关于怎样教育孩子这个话题，可能平时我们每一个家长之间交流得最多也谈得最多，应该是仁者见仁，智者见智吧。而前几天有位朋友给我发了一条链接，我看了之后颇有感触。

这条链接的内容说的是，有一位母亲对自己的孩子说：我可能不是一个最好的妈妈，因为我不想让你总是第一名，可是我却始终希望你能不时地超越自己，哪怕只是一点点。其实，世界上没有完美的母亲，也没有完美的孩子。只有彼此接受才是对这对母子最大的呵护！

不知大家平时注意过没有，在我们的日常生活中，有很多做妈妈的总是对自己的孩子时有恶语相向不说，甚至有的还对孩子大打出手。如果家里的孩子太活泼了，他们就说孩子不听话、瞎闹腾；如果家里的孩子太内向，他们就说孩子太窝囊、没出息。反正在他们的心目中，怎么样都是孩子不好……

乐山爱水

2021 年 8 月 25 日

前段时间趁着周末不上班的时候，我去了趟商城看我的一位同学。在聊天的时候这位同学跟我说，退休的时候不回市里了，我就退在商城，这地方有山有水多舒服啊！不但宜居而且怡情！

我认为同学说的是心里话。其实，在古时候，山村就是文人雅士归隐的好去处。无论是在山中采薇的公叔齐和伯夷，还是"采菊东篱下，悠然见南山"的陶渊明，抑或是厌倦了官场生活、晚年定居于终南山下的王维，他们都在青山绿水间找到了内心的平静。这对于现在居住在城市的人们来说，忙碌之余到野外的山林踏青、野炊、露营，也是暂且远离尘嚣、忘却烦恼的轻松时刻。

是啊！山中无别事，目及尽青山。趁着秋天已至，天高气爽之时，让我们一起远离尘嚣，去山中走一走，让山风吹散你的忧愁，让山水浇灌你的心灵，让山色治愈你的人生！

陶冶情操

2021 年 9 月 13 日

教师节那天，也就是 9 月 10 日中午，我在抖音上看了一段视频：一个学生家长在大庭广众之下辱骂孩子的老师，指责她不应该批评自己的孩子。孩子在家里从来都是娇生惯养，从小到大家里没有任何人批评过他。

看了这段视频之后，我心中真的不是个滋味啊！作为父母怎么就不明白呢？其实，无论大人还是小孩，每个人都会犯错，孩子也不例外。在孩子是非与道德观念还未完全形成之前，总会惹事犯错。但是，孩子犯错，一定要及时进行批评，重点要让孩子知道以后应该怎么做，而不是一次次地无视孩子的错误，甚至纵容孩子，自己不舍得批评也不让老师批评孩子。这样一来，只会让孩子越来越肆无忌惮地重复之前的错误，不辨是非。

其实，孩子的成长不仅需要赞美的阳光，同时也需要批评的雨露。能够让孩子保持清醒的头脑，一步一个脚印踏踏实实地向前走。如果爱孩子，就让他承受批评。如此，才能使我们的孩子在成长的道路上走得更稳、走得更远！

良师益友

2021 年 9 月 14 日

昨天早上起来后，在网上看了北京大学知名教授孙祁祥的一篇演讲稿——《珍惜》。读了之后感触颇深！

大家应该都有这种感触。想一想，在大千世界里，芸芸众生中，我们能走到一起，真的就是一种缘分啊！因此，一定要学会珍惜彼此。比如，珍惜师生情、珍惜同学情、珍惜战友情、珍惜朋友情等。但必须记住，万万不可把从别人甚至是你父母那里得到的一切，看作是"理所当然"。一定要心存感激、常思回报！

当然，我们这种珍惜的前提是：对真的、美的、善的情感的尊重和顾惜，是在无关重大是非原则问题表现出来时的宽厚和宽容。大家一定要明白的是，如果有人一旦触动了这个底线，那么，你绝对不可去迁就或纵容！

迁怒于人

2021 年 9 月 15 日

都说人生不如意的事十之八九，遇到不顺心的事不发怒、不埋怨。然而，在现实生活中，又有多少人可以做到这一点呢？事实上，有些人若遇到一点不顺心的事就暴跳如雷，甚至还把脾气发泄在周围人的身上。

比如，昨天上午，我一个朋友告诉我，他的一个亲戚，由于孩子没有去家长要求去的理想的（也就是平时大家认为的名校吧）学校上学，就对孩子大发雷霆、吵闹不休。其实，这种做法是极其幼稚的，更是不明智的，因为愤怒解决不了问题。人在情绪激动的时候，更容易做出冲动的事，最后的结果，只能让自己追悔莫及。

因此说，人在遇到不顺心的事的时候，首先要冷静下来，了解清楚事情的来龙去脉，然后再去慢慢地想解决问题的对策。事实上，真正聪明的人，遇到事情第一反应不是抱怨、发怒，而是想方设法地去解决问题，最后都皆大欢喜！

腹载五车

2021 年 9 月 18 日

因为某些客观上的原因，现在还正是开学季，而人们谈话的内容多半还是孩子的教育问题，尤其是谈到家庭教育至关重要。比如苏轼在《三槐堂铭》中就说过："忠厚传家久，诗书继世长。"意思就是说，一个家族，唯有忠诚、读书，才能长久发展下去。

事实上，在中国历史上，一家出三个才子莫过于苏家父子：苏洵、苏轼、苏辙。而最让人佩服的应该是苏洵，家中培养了两个才子，为后人留下了脍炙人口的经典佳作。这正如清代姚文田所说："世间数百年旧家无非积德，天下第一件好事还是读书。"这就足以说明，对于一个家庭来说，最好的传家宝不是留给孩子房子、车子、票子，而是要教会孩子如何读好书啊！

现在，我们必须要知道，家庭教育是要伴随孩子一生的，而我们的每一位父母不仅是孩子的第一任老师，同时更是孩子终身的良师益友。唯有一个爱读书的家庭，才会让孩子受益一生！

言传身教

2021 年 9 月 20 日

记得有人说过这样的话："孩子是永远不会乖乖听大人的

话的，但他们一定会模仿大人。"

是啊！身为父母，你的一言一行都会潜移默化地影响着孩子。因为，当你在情绪激动的时候，是习惯性地讲道理，还是随意发脾气，作为孩子都看在眼里、记在心里。如果说你每天抱着个手机聊天刷视频，行为懒惰不上进，试问：你又怎么能去要求孩子呢？要知道，你是什么样的人，孩子也一定会效仿你成为什么样的人啊！

说到这里，我想起了梁启超先生。虽然说梁启超先生是一位杰出的政治家、思想家、教育家和文学家，但他最厉害的却并不是拥有这些光环，而他更优秀的却是作为一位了不起的父亲！尤其是在教育孩子方面，他有着自己独特的心得。9个子女个个了得：长子梁思成、次子梁思永、五子梁思礼三人均为中国院士；长女梁思顺为诗词研究专家，次女梁思庄为著名图书馆学专家，等等。

比如说，当孩子们的考试成绩不好的时候，他从来不会因此而生气。有一次他的女儿梁思庄考试得了全班第16名，很是伤心。梁启超知道后非常淡定地说："你的成绩已经很优秀了，哪怕考试不及格也不要紧，我们慢慢来。"甚至是孩子们在以后选专业的时候，梁启超依然是从容淡定的，非常尊重孩子们的意愿。

所以说，正是因为有了这份淡定从容，才使得梁启超的9个孩子都能按照自己的意愿发挥，最后个个都成为佼佼者。

大教无痕

2021 年 9 月 22 日

从梁启超先生的行为我们可以比较一下，现在的父母，很多时候只考虑赚不赚钱，能不能找到一份好的工作。一门心思地关注孩子的成绩，恨不得孩子一年级就把所有的功课都学好！

说来说去，家庭教育才是一个人受到的最好的教育。面对生活，或许孩子一开始是笨手笨脚，但只要我们从容面对，心中没有太多的忧虑，就一定会给孩子营造一个良好的成长空间。要知道，没有哪一个人会一辈子为孩子挡风遮雨，而最好的父母就是可以揽一份从容，让孩子们坦然地面对人生中的逆境或失败，然后去轻松地驾驭跌宕起伏的人生！

因此说，一个家庭最好的教育，就是父母做到从容淡定，让孩子们在自己的时空里，不慌不忙、不紧不慢，优雅地活出自己喜欢的样子。

释然豁达

2021 年 10 月 2 日

记得上小学四年级的时候，有一次学校开运动会。有两个女同学不小心在短跑时摔倒了，周围立马就有人哈哈大笑。其中一个女同学满脸通红地爬了起来，便不敢看周围人的眼光。

而另一个女同学则在起身之后，像没事似的拍了拍身上的灰尘，继续向前跑。后来，那个满脸通红的女同学一直放不下这件事情，总觉得身边有人在嘲笑自己，时间久了，无论做什么事情都变得既自卑而又小心翼翼。

其实，在我们看来这只是一件很小的事情，这件事过去了就应该让它过去，一直放在心上只会给自己的心灵套上沉重的枷锁。生活中，我们可能也会因为一些已经发生过的事情耿耿于怀，让自己背上沉重的包袱，但你必须记住一句话："去日不可追，来日犹可期。"当一件事情已经发生并且无力改变时，我们需要做的就是学会释然，然后继续前行。

事实上，上天对每一个人都是公平的，它在关上一扇门的时候，必定会打开一扇窗。而窗外的风景或许更美！

渐 悟 篇

比物假事

2020 年 11 月 4 日

人生旅途中的你来我往，就像马路上的车与车一样，疾驶而过，各奔一方。茫茫人海中，有的擦肩而过，永不相见，太多的时候一别就是永别。能够相遇即是缘分，一定要珍惜彼此的相遇相伴。我们都是握着拳头来到人世，最后撒开双手离开的。不要只和富人、健康的人攀比，要多想想那些穷人、病人、残疾人，这样我们才能知道什么叫痛苦！什么是幸福！所以，我们不能过于贪图虚荣，功名利禄只能风光一时，权钱财富都是过眼烟云！人生没有完美，有的只是内心的安详，时光的渡口！我们都是这个世上的匆匆过客。风雨人生路，让我们都能带着微笑去行走。只要做到淡定从容，自然就能岁月无恙！

道义之交

2020 年 11 月 10 日

说实话，在科技迅猛发展的网络时代，无论线上线下，我们每天都会遇见许多人。在什么时候该与谁相遇？冥冥之中自有定数。所以，相遇离别，重逢分开，这一切都是天意！千万不要与无谓的人浪费时间！生活终究是我们自己的，从来和别人无关，心若简单，世界也会简单！尤其是已到了人生秋季的这些同学或朋友，我们看懂的越来越多，所剩的时间却越来越少！当有一天帷幕垂落，我会说：我曾追求于真理，我曾享受过刹那的自由！我也曾拥有过！心是一方砚，不亦空也不亦满；眼是一片天，不亦奢也不亦贪。我们要做的就是顺其自然，寂静清欢。一切都是天意，能相遇，就是万幸，离开也好，陪伴也罢，过程才是最重要的。我们要带着一颗感恩的心，感恩生命中的所有遇见！

爱出者爱返，福往者福来

2020 年 11 月 12 日

　　记得作家梁晓声说过，文化的四层含义：根植于内心的修养；无需他人提醒的自觉；以约束为前提的自由；为他人着想的善良。是的，善良，就像是这人世间的一道光，无论在世界的哪个角落，无论是在历史中的哪个年代，它都可以给人们带来无尽的安慰和温暖，带来希望和力量！比如我们从小学、中学到大学，有多少同学我们恐怕连自己都记不清楚，可到现在真正在一起有交集的也就这几十个人而已。这就说明我们这些人在同一个频道，都散发出孝顺、善良、乐于助人的光芒。"爱出者爱返，福往者福来！"人世间的所有幸运，都来自我们积攒已久的善良。人生如镜，你若以笑对待，它必然不会一脸埋怨，推己及人，命运自会替你排忧解难。我们的善良，既是修行自己，也是摆渡他人！

觅尧

今天是周日。昨天晚上喝了点酒闹的难受，早上五点多钟起来喝水时见天还未亮，窗外一片漆黑。虽然窗外没有光亮，但仍是新的一天，仍有新的希望！无论是步履沉重，还是脚步轻盈，眼中还是要有风景、心中还是要有诗意！东方开始发红，一切又有了希望。其实，生活从来都不缺少美，只是我们缺少发现美的眼睛。平淡是生活中的日常，而快乐的心态，才是我们生活最美好的存在！如若生活没有给你想要的，我们心中也一定要充满光亮，充满希望！必须怀着满腔的热情，去迎接新升的太阳！

舍与得

2020 年 11 月 18 日

人，只有经历了生离死别之后才会明白，除了自己的身体，一切都是身外之物。人生，就像是一场漫长的马拉松，我们都在各自的人生跑道上，拼命地你追我赶。为了追求太多的物质享受，而把自己困在欲望的牢笼之中，却不知，家财万贯，也不过一日三餐；广厦万间，也不过睡卧七尺。我们不求大富大贵，但求简单快乐！实际上，人世间的一切事情冥冥之中都是天意。该是你的谁也夺不走，不是你的怎么去争也没用！人的一生，都要经历很多很多的事情，所有的事情，不管顺逆，无论大小，我们都必须坦然面对，把心放宽！许多时候，真正伤害你的，往往不是事情本身，而是你对事情的看法，与其怀恨在心，不如立即放下！人生本来就那么短暂，真的没有必要与别人计较长短，计较的越多，实际上便是对自己愈加伤害！所以，把心放宽，我们的人生便辉煌灿烂！

修心养性

2020 年 11 月 20 日

好像是从十七号开始，天气预报一直就在说将要刮风下雨，并告诉人们一定要穿厚点。很多人也时有抱怨，说这天气怎么忽然变得这么冷，可四季更迭这是自然法则啊！我们虽然不能左右天气，但可以改变自己的心情；我们无法绕过寒冷，但可以改变自己的心态！不论遇到什么样的恶劣天气或困境，我们都不要过度焦虑，更不能抱怨，一定要保持一颗平常心去面对，真想不通时，永远要相信阳光总在风雨后！

哲人哲理

2020 年 11 月 26 日

九十年代我有个老兄在我家乡任党委书记，他最大的优点就是爱看书，爱学习。他时常对我说：人说话不仅要有艺术性，更要有哲理性，现在想想很有道理。之后，我便按他说的经常看些哲学书籍。昨天晚上躺在床头读冯友兰老先生的《中国哲学史》，看到他写给金岳霖（哲学家）先生一副对联：何止于米，相期以茶。猛然读来不知何意，仔细查阅相关资料后方知是文人对高寿的雅称。"米"是暗含 88，故米为 88 岁；而"茶"则是 88 上面再加 20 茶寿即 108 岁；米是形而下的物质层面，茶则是形而上的精神层面。因此，从米寿到茶寿也是从物质层面到精神层面的升华。故"何止于米，相期以茶"是对长者的期许，老了不仅要丰衣足食，而且相约一起走向更高的精神境界！长寿是目的之一，通达自在才是真谛！借此之机，祝我的老朋友、老同学、老同事和亲人们：何止于米，相期以茶！

拓展生命宽度

2020 年 12 月 4 日

关于日记，有很多同学、朋友发来信息对我文中的"既然我们改变不了生命的长度，那么就努力去拓展生命的宽度"这句话予以肯定和赞同！其中有位朋友问我："什么是生命的宽度呢？宽度到底指的是什么？"我在第一时间对其解释："宽度就是视野。"其实人生不仅有长度和宽度，更有厚度、高度和重度！长度是代表一个人寿命的长短，视野是代表一个人心胸的宽窄，高度是代表一个人境界的高低，厚度是代表一个人贡献的轻重！追求是人生的长度，视野是人生的宽度，知识是人生的厚度，智慧是人生的高度，成熟是人生的重度！长度是一个人的寿命，宽度是一个人的度量，高度是一个人的眼界，厚度是一个人的为人，重度是一个人的能量！而长度则决定健康，宽度决定理念，高度决定事业，厚度决定修养，重度决定拼搏！

同学们、同事们、朋友们！让我们都能从这个物欲横流的现实社会中抽离出来，做一个既有宽度又有厚度和高度的人吧！做一个真诚善良，有爱心有孝心有担当的人吧！在传统文化艺术的修养中，回到自己的内心！从此，我们的生活便多了几许的优雅、宁静和深刻……

看远·看宽·看淡

2020 年 12 月 5 日

昨天晚上读王国维的《人间词话》，又细细品读了他的人生三大境界：一、昨夜西风凋碧树，独上高楼，望尽天涯路；二、衣带渐宽终不悔，为伊消得人憔悴；三、众里寻他千百度，蓦然回首，那人却在灯火阑珊处。我们年轻的时候，对这种登高望远、矢志奋斗、不达目的决不罢休的崇高理想和追求时常激动得热血沸腾！可这一路走来，现在竟没有了从前的激情与豪迈，快到了花甲之年的时候才发觉我们现在的这种工作和生活才是我们的人生三个境界：一、年轻时看远；二、中年时看宽；三、晚年时看淡。许多年轻的时候争得你死我活的东西，现在只会淡然一笑；中年时费尽心力得到的东西，如今看来也早已无关紧要。到了我们这个年龄还争什么？官多大为大、钱多少为多呢？事实上，我们现在正是学习的最好时机，可以沉浸在自己的一项爱好里，比如，学学传统文化，读读书写写字，钓钓鱼养养花，打个黑七搓个麻将，三五个同窗或好友时常没事聚聚，喝个小酒好不惬意，全为赢得一份好心情！事实上，我们每个人无论处于人生的哪个阶段，每个年龄段都有每个年龄段的困惑，每个年龄段也都有每个年龄段的使命。真正的智者，知道用不同的心态对待不同的阶段，年轻时，警惕目光短浅；中年时，学会自我减压；晚年时，懂得回归内心。找回自我，安静生活，健康着，幸福着，平平淡淡才是真啊！

思路与出路

2020 年 12 月 7 日

　　昨天上午，我去十三里桥钓鱼。中午吃饭时，休闲和放飞心情的一众老乡可谓知无不言、言无不尽！他们当中有一个还是武大哲学系毕业的高才生。当我坐在一旁静静地聆听他们的所见所闻、为人处事、人生见地、生活阅历后发觉他们的确见多识广、阅历丰富！他们不仅有自己的思想和理想，更有自己的目标和追求！不是吗？生活中每一个有思想的人，都能在现实的壁垒中独立思考，遇事有自己的看法，自己的见解，绝不会人云亦云。有思想的人，生活得游刃有余，从容自在，方能成为命运的宠儿，更能成为人生的赢家，也许这就是他们每一个人都能走向成功的原因所在吧！还有就是，他们每一个人都知道：读万卷书不如行万里路，行万里路不如阅人无数；阅人无数不如名师指路，名师指路不如自己感悟！唯有在认真思考和实践后，才会拥有一个丰盈的灵魂和有深度的思想。生命只是一种心情，离开了心情感悟，人的肉体和花草树木与动物没有任何区别。唯有活在心情里、活在思想里的人，才能享受生活，最终成为主宰命运的主人！

悟

2020 年 12 月 11 日

　　夜深人静时，躺下来仔细想想：人活着真不容易！明知以后会死去，却还要努力地活着。人活一辈子到底是为了什么？复杂的社会，看不透的人心，放不下的牵挂；经历不完的酸甜苦辣，走不完的坎坷，越不过的无奈；忘不了的昨天，忙不完的今天，想不到的明天，最后不知会消失在哪天，这就是人生啊！所以，再忙再累也别忘了心疼自己，一定要记得好好照顾自己！人生如天气，可预料，但往往出乎意料。不管是阳光灿烂，还是阴雨连绵，一份好心情，是人生唯一不可剥夺的财富！

把握好每天的生活，照顾好自己的身体，就是最好的珍惜！得之坦然，失之泰然，随性而往，随遇而安，一切随缘是最豁达而明智的人生态度！

我们都有缺点，所以彼此包容一点；我们都有优点，所以彼此欣赏一点；我们都有个性，所以彼此谦让一点；我们都有差异，所以彼此接纳一点；我们都有伤心，所以彼此安慰一点；我们都有快乐，所以彼此分享一点。因为我们有缘相识，所以，请珍惜生命中的每一位家人、同学、战友、同事和朋友！开心过好每一天！

支柱

2020 年 12 月 20 日

记得毛泽东主席早就说过，人活着是要有一点精神的。小的时候只知道这样说，但不知道它真正的意思是什么。现在想想的确如此。一个人要靠精神活着，那么一个国家呢，必须要有精神支撑才能强大！所以，我们说民族精神是立国之本、兴国之脊、强国之魂！诚然，我们每个人都有自己崇拜的偶像，但我们不能以此作为托词，任由娱乐至死的精神蔓延！如果我们的孩子们理想都是当明星，我们就没有了未来。孩子们都盲目地去追捧娱乐明星岂不导致整个民族精神颓废？因此，把民族精神放于内心，把民族精神付诸行为，把民族精神讲给孩子，把弘扬民族精神视为使命，这才是历史赋予我们的责任！科技、军事的强大当然能够强国，但最重要的还是要有国家精神啊！唯如此，我们伟大的国家才会永远昂首屹立于世界民族之林！

遇事不怒·遇变不惊·遇谤不辩

2020 年 12 月 29 日

在现实生活中，时常有很多杂音不绝于耳。比如在某个场合甚至在办公场所，时不时会听见甲说乙如何如何不好，丙说丁怎样怎样不行……我就知道这么一个人，时常在外面造谣生事、信口雌黄……试问：你自己就没有任何不足、完美无瑕吗？难道就只有别人不好？这不由让我想起鬼谷子的话："非时常之谤而不辩。"这句话的意思是，当受到他人无理指责或诽谤时不去争辩或反驳，事实的确如此！人活在红尘俗世，无论是谁都会被他人评头论足或说长道短，偶尔还会遇到别人的讽刺、造谣甚至诽谤。

明代著名思想家、文学家、哲学家和军事家王阳明在平定宁王朱宸濠的叛乱之后，争议和诽谤充斥着他的仕途，这不仅有小人嫉妒他的权势，更有人质疑他的学说；但王阳明毫不在意，依然传播他的"致良知"的思想，因为他明白"清者自清"的道理。《论语》中有言："君子坦荡荡，小人长戚戚。"一个人如果光明磊落、心胸坦荡，当谣言和诽谤来临的时候，与其急着澄清自己搞得身心俱疲，不如保持一个大度宽容的心态，相信只要问心无愧，谣言定会不攻自破。

"当非常之谤而不辩。"这就是能成事或能成大事者的非凡气度！现在看来，人与人之间的差距，绝不是财富、地位和资源，而是"心性"。面对困境时，能否好好把持住自己的情绪、心态和气度，是成功的关键！

谦冲自牧

2021 年 1 月 13 日

实际上，到了我们这个年龄，不仅仅脾气越来越小是成熟的标志，期待越来越少同样是一个人成熟的标志。事实上，曾经的我们，对待任何人和事，都怀着满心地期待！我们以为，只要努力就可以取得想要的好成绩；我们以为只要真心就可以换来真意；我们以为只要做个好人就一定会遇到好事。可直到我们受了委屈、栽了跟头、碰了壁之后才发现，原来努力只是成功的必要条件，但绝不是唯一的条件。你努力了可能会成功，而不努力绝对不会成功！所以，你只管去耕耘、去奋斗、去竭尽全力，即使最终没有如愿以偿，至少你也做到了没有任何遗憾。事实上，我们真诚的待人，但对方未必将心比心，说不定还会还你以虚情假意。所以，保持一颗平常心，就会减少许多不切实际的幻想以及巨大的落空感！事实上，我们做善良的人，是我们应该有的品质和修养，但这绝不意味着你以后就不会再遇到坏人坏事，甚至还可能会有人对你恩将仇报！说真的，虽然你没有办法掌控别人的言行，但至少你可以管好你自己。只要我们每个人心中存有正气和正义，厚道做人、清白做事，任何时候都能做到问心无愧。当你慢慢地减少对别人、对结果、对外在一切期待的时候，你就不会再去纠缠、不再去执着、不再去强求，你会更加的理性、清醒和睿智！

心存善念

诚然，脾气越来越小、期望越来越少是我们逐渐走向成熟的标志，可在我看来，心态好更应该是成熟的标志之一！比如曾经的我们，但凡遇到一点不如意的事情，就容易抱怨，遇到比自己过得好的人，就喜欢去比较，暂时遇到点困难就容易陷入低迷的状态中。那时的我们满身的负能量，仿佛全世界都在跟自己作对，没有一件让自己觉得满意和顺心的事，可当你越去指责、去攀比甚至去沉沦时就会越不顺利。你只有学会了不抱怨才会最好，可以改变的就改变，不能改变的就接受，不去做毫无意义的内耗。学会了不攀比，我们只看到别人幸福的一面，却看不到人家背后隐藏的痛苦，其实任何事情都有他的两面性，过多去关注积极、乐观、阳光的那一面，就能吸引同等的正能量的东西。其实一个人过得好不好，跟你所遇到的人和你所经历的事没太大关系，而是与你自己的心态有关。心态不好，世界就会变得黯淡无光；心态好了，人生也就开始明朗了。一个人的成熟应从自己内在的心态，去自省、去调整、去疗愈，而不是去从外界去刻意寻求，难以觅得的安慰和帮助！

修身养性

前几天因为工作上的事情，我打电话给远在郑州上班的儿子，要他与某某联系沟通一下工作事宜。不料想，儿子在电话那端大吼道："你怎么知道我没联系呢？为什么都怪我啊！"我一听赶忙挂了电话，再说下去说不定我爷俩还会吵架呢！我知道儿子最近任务重，工作压力大，一时控制不住自己的情绪，我想，还是等他冷静下来再说吧！

事实上，情绪的控制能力，是情商的重要组成部分。它的高低，往往决定了一个人所能达到的高度。好情绪是世界的礼物，而坏情绪即便是一念之间，也是你要埋的单。高情商的人，懂得控制自己的情绪，从不为自己的坏情绪埋单。有的时候不满，有的时候不开心，都是由于自己的心情在作祟；有的时候难为你的不是别人而是你自己。实际上，情绪就像一把双面刃，你了解怎么驾驭它，它就能成为你的好帮手；如果你弄不懂它，任它咨意地扰乱你，它就容易破坏你的人生。你能拥有什么样的心情，来自你如何控制好自己的情绪；而你能有什么样的心情，则会决定你看待外界的方式。当你心情越好时你就越乐观，反之，你对每件事情就容易感到悲观；真的是这样，能够善于控制自己情绪的人，才能够拥有快乐的人生！

读书养性

2021 年 1 月 22 日

　　记得在一次聊天中，我的一位同学跟我说起一位老兄，他说这位仁兄不仅工作能力强，而且还有个最大的优点，就是热爱学习，后来经过观察此言不虚。因为从老兄的谈吐中发现，他思维敏捷、谈吐自如，他真的是平时学习的多、认识的多啊！无论是唐诗宋词还是天文地理甚或健康养生等等，他都通晓，这就说明，这些年来他工作之余从未间断过学习。这不由让我想起了知乎上所说的："停止学习后的大脑就和停止吃饭后的身体一样，是会垮掉的。"从这句话中我们就可以看出学习对一个人的重要性！事实上，学习不仅仅在于习得新知识，而更在于它能帮助我们保持深度思考，从中不断修正自己对世界的认识、对自我的了解，继而获得真正意义上的成长。永远不要停止学习，因为生活永远不会停止教学。记住，学习从来不是一劳永逸的事情，它应该是人生任何阶段都不可或缺的一种能力，唯有不断学习，才能与时俱进不被淘汰。无知者，以为学有涯；有知者，明白学无止境！让不断学习成为一种习惯，如此，你所收获的，将会是对生活最大的底气和智慧！

人言可畏

2021 年 2 月 2 日

前天收到一位老兄发来的短信，其中有一句是："能量比你低的人，怀疑你、否定你、评判你、嫉妒你、攻击你……"想想也是。都说人性最大的恶，是见不得别人的好；有的人天性善妒，容不得别人的半点好；别人出名了、有钱了他难受、嫉妒……比如，一段时间以来，网上一直流传着"大衣哥"朱之文的新闻。想当初，朱之文凭借一首《滚滚长江东逝水》而一炮走红。而后上节目、上春晚可谓名利双收。成名后，他非常低调，对待村民不仅仍和往常一样，而且还为家乡架桥修路，除此之外，他还借钱接济家庭困难的村民。可让人们没有想到的是，出名之后的朱之文没变，而村民们却变了。村民们看他有钱了，就气他、恨他，甚至讽刺他："这小子也能出名！就唱几首破歌也能挣大钱？"村民们一边心里嫉妒朱之文，一边又如寄生虫一般享受着他的恩惠。村民们不把他当外人，不但借钱不还，进进出出他的家如同进出自己家一样。只要朱之文一回家，就会有一帮人围堵他拍视频，利用朱之文的名气发到网上去赚钱；而当朱之文不愿意再给他们施舍时，村民们就把他的功德碑给砸了，甚至还半夜去砸他家窗户。不堪其扰的朱之文，最终于 2018 年 1 月 12 日深夜发微博说：自己要退出娱乐圈，且永不复出！

朱之文最终在旁人的叨扰下沦为了一个普通农民。这正如电影《东邪西毒》中说的："任何人都可以变得狠毒，只要你尝试过什么叫嫉妒！""我不好，你也别想好！"这种观点是最害人的啊！大家必须要明白：见不得别人好，最终受害的还是自己！

深藏若虚

2021 年 2 月 7 日

　　大年初二早上，我专程回县城给三娘拜年！小的时候，三娘就对我极好！所以，这些年来，我一直把三娘视作自己的母亲一样。这次拜年，我与三娘唠嗑很久，不曾想，三娘最后说了一句："孩子，你们现在工作得都好，都很上进，我真高兴啊！但任何时候你们几个（指我们表兄妹几个）都要记住，人生在世，千万不要低估任何一个人，砖头碗碴都有用啊！"

　　仔细想想，老人家说得太好了！为人处事，最好的心态莫过于：不高看自己，更不可低估别人。每个人都有自己的长处，也有自己的短处，若太把自己当回事，过于自以为是，最终吃苦的还是自己。我曾经看过这样一个故事，宋代著名诗人苏轼，常常与他的好友佛印禅师一起参禅悟道。有一次，他们约定盘腿静坐，互相看一下对方是个什么样子，没过多久，苏轼先开口说道："大师呀，我看你像一坨屎。"此时，佛印开口缓缓说道："苏学士，我看您俨然是一尊佛！"闻听此言，大诗人甚是得意，以为自己的修为胜过了佛印。等他回到家中和苏小妹说起此事后，不料，苏小妹却摇头叹息："你的境界太低，佛印心中有佛，看万物都是佛。你心中有屎，所以，看到别人都是一坨屎。"人生在世，最忌讳的就是把自己看得太重，而轻视他人。

有句话说得好："蠢材妄自尊大，他自鸣得意的，正好是受人奚落的短处。"因此，不论在任何时候，唯有不高看自己，不低估别人，以平等的姿态与人相处，以平和之心与人相交，方能更好地笑看人生！

略迹原情

2021 年 2 月 15 日

我曾经看过两则小故事，第一个故事说的是：一位禅师见一蝎子蜇了他的手指。禅师无惧，再次出手，哪曾想又被蝎子狠狠蜇了一次。这个时候旁边就有人对禅师说："它老是蜇人，你又何必救它呢？"禅师却回答说："蜇人是蝎子的天性，而善良则是我的天性，我岂能因为它的天性，而放弃我的天性呢？！"这则故事让我感悟到的是：我们的错误在于很多时候我们因为外界的缘故而过多地改变了自己。

第二个故事说的是：曼德拉曾被关押在狱中 27 年，在狱中受尽了虐待。在他出狱后就任总统的时候，他特别邀请了三位曾经虐待过他的看守到场。当曼德拉起身恭敬地向三位看守敬礼时，在场所有的人乃至整个世界都静了下来。他说："当我走出牢笼时，迈过通往自由的监狱的大门时，我就已经清楚，自己若不能把悲痛与怨恨留在身后，那么，我就仍在狱中。"这个故事让我感悟到的是：原谅他人，其实就是在升华自己！

交洽无嫌

2021 年 2 月 24 日

常听人说，人与人从相识到交往时，无论之间是什么关系，相处当中时常会生气甚至发生口角，究其原因就是彼此间不信任……其实，人与人之间相处最舒服、最长久的关系，不过是彼此之间的相互信任、相互尊重、共同珍惜。年龄越大越明白，让人有乍交之欢，不如使其久处不厌。

"人而无信，不知其可也。"人与人之间若失去了信任，将会是一个冰冷的社会，何有感情可言，而维系情意和信任的是双方之间的真心付出！所谓欲先取之，必先予之；感情只有披肝沥胆、互利互惠、彼此信任才会更稳更浓，直到永远。爱情如此，友情亦如此。

我看过古时候有个故事：说一个年轻人被判极刑，他在临刑前想再见母亲一面，于是他的好友替他坐牢，让他回家看母亲。众人都说他傻，如果那个年轻人跑掉了，那么受刑的人必然是他。在行刑之日，当众人都以为那个年轻人已溜之大吉时，出乎所有人意料的是，他回来受刑了。此事传到皇帝耳朵里，皇帝被这种信任和情意感动了，最后赦免了这个年轻人。

所以，相互信任的人，是以生命相交的；它不是凭空而来，是关乎人品！只有将心比心，方能交付真心。一个人只有行得正，站得直，才能走得更高更远！

一树百获

今天是植树节，设定这个"节"的目的就是宣传保护树木，保护环境。今天各单位都要组织人员参加植树活动。植树节按时间长短还可分为植树日、植树周和植树月，统称为植树节。今天，我组织单位十二名员工前去植树。其实，这不仅仅是植树，从另一方面来讲，我们正好可以趁机走出家门，欣赏一下春天的美景，挥挥手，与昨天告别，轻轻地和过去说声再见。让所有不愉快的旧事封存在脑海，让烦恼随一江春水东流。打开心结，卸下往日的疲惫与落魄，去迎接人生的下一个起点！阳光灿烂，春光正暖！在心中植上一棵希望之树，让幸福在春天滋长。愿我们一起带着梦想，启程在路上，与春同行，昂首向前！

吹尽狂沙始到金

在人生的航程中，我们每个人都像一条在大海上航行的小船，是坚定信念驶向成功的彼岸？还是随波逐流、飘浮在大海之中？完全取决于我们自己。世上没有什么所谓的捷径，也没有真正的"一帆风顺"，任何成功都是靠一点一滴的努力得来的。无论昨夜是否无眠，也不管泪水几点钟落地，今早，仍要擦干眼泪继续远航！我相信，这个世界不会偏爱任何一个不劳而获的人，当然也更不会辜负任何一个执着奋斗的人。只有流过血的手指，才能弹出世间的绝唱；只有经过寒冬的磨炼，才能拥有创造春天的力量。是的，不经一番寒彻骨，哪有梅花扑鼻香？所谓人生开挂，不过是厚积薄发！

抱诚守真

2021 年 3 月 19 日

昨天是我的生日，因我的爱人在郑州看孙子，就我一人在家。几天前，我一高中同学就张罗着到时要叫几个同学和老乡（不告诉大家是有人要过生日）在农历二月十一好好热闹一下。谁知那天我俩说话时还有另外一个老乡在场，他随即说道："陈哥，到时也算我一个哈。"我本以为这个小老乡当时是随口说了一句戏言，我和同学也没当回事，让我们没有想到的是，昨天下午下班后他真的按时来了。

这件事看似小事，实则非也。康德曾言："无论是对老朋友还是对陌生人，守时守信就是最大的礼貌。"守时守信能看出一个人的教养和修养。然而，在现实生活中，就有不少人把不守信用当成一种习惯，把敷衍别人当作小聪明，却不知道守时守信，一直都是人与人之间相处的基本原则，要知道，言必信，行必果啊！

丰子恺非常敬畏他的老师李叔同，他觉得李叔同是一个做事认真、真诚可靠的人，特别是在守时守信上，体现得尤为明显。在回忆录里，丰子恺曾描述过上课时的场景：准备上第一堂课时，大家都想着老师通常是铃声响了之后才慢悠悠地走进来的，于是，打铃时才嘻嘻哈哈地打闹着走进教室，但没想到，进入教室后，发现老师早就安安静静地端坐在讲台上准备上课了。

因此，守时守信，不仅是一个人的优秀品质，也是一个人最好的人生态度！凡成大事者，不仅看重守时，更懂得守信！

见微知著

2021 年 3 月 21 日

记得两年前，建华老兄给我讲过一件事：说某人在一个场合敬烟时，因一时疏忽漏敬了一个人，为此，差一点儿酿成大祸。在日常生活中，我们经常谈论为人处事要注意的一些细节。可生活中有许多细节，也许你不经意；但就是这些看似不起眼的细节，可以折射出你的人品、影响你的人缘，甚至决定你的发展和未来。

有人问：何谓细节？简单地说就是细小的环节或情节。而传统的思想则一贯认为细节并不重要，更有成大事者不拘小节之说，我个人以为，这种观点是极其错误的。因为，很多时候，可能会因为一个小小的细节将那原本的不可能变为可能，从而将可能变为现实。

有消息说，去年有家幼儿园招聘幼师，并且对外宣传待遇优厚，为此引来很多人报名。此时，有位衣着朴素的女子也前来报名，当她来到招聘地点后，发现来应聘的每个人都穿着华丽，志在必得，这使她原本坚定的信心有些动摇。但她并没放弃，而此时，在那通往招聘会议室的路上，却有一个鼻涕长流的小男孩在那哭泣。期间，有那么多的应聘者从孩子身边走过却无人理会，只有这个衣着朴素的女子停下来为小男孩擦掉鼻涕并把他送回了教室。就是这个小小的细节，最终使她成了这次幼儿园招聘中唯一的胜出者。

所以说，虽然说细节是平凡的、具体的、零散的，如一句话、一个动作，虽然细节很小，容易被人们所忽视，但它所带来的作用却是不可估量的！所以，你如果想成功，做事就应该注意细节，因为细节决定你的成败！

秉节持重

2021 年 3 月 24 日

昨天晚上，我靠在床头看书时，忽然接到一个朋友的电话，电话那端，朋友怒气冲冲地对我说："他还是我们的朋友吗？太不像话，这件事做得就没有一点底线了！"他说的这个人，我们三个都是朋友呢。毕竟是朋友，听了十分钟我就知道了事情的前因后果。于是，我挂了电话后，随即打电话给我另一个朋友，并给他讲了董明珠兄妹间发生的一件事情。

曾经有个经销商想找董明珠的哥哥合作，说只要能拿到一百万的订单，就给他三万元的回扣。董明珠的哥哥信心满满地答应了下来，他觉得发财的机会到了。可让人没有想到的是，董明珠闻讯后却直接了当地把他拒绝了。这件事过后，兄妹俩彻底闹掰，很多年都老死不相往来。董明珠对此却从未后悔，因为她清楚："君子有所为，有所不为。"底线，才是一个人、一个企业安身立命的根本所在。言毕，朋友释然。

所以，人生在世，一定要认清自己的底线，一旦突破底线肆意妄为，最终的结果只能是害人害己！

殚见洽闻

2021 年 4 月 25 日

在日常生活中，我们时常会听到"头发长，见识短""这个人根本就没见过什么世面"等类似于这样的话。那么，到底怎样才算是见过世面或者说是见过大世面呢？曾经也有不少人问："什么才是真正的见过世面？"有些回答让我感触颇深。比如甲的回答是："明白了人与人之间的差距，而不是去羡慕任何人。"乙的回答是："会讲究，能将就，能享受最好的，也能承受最坏的。"丙的回答是："看到的天空稍微大一点点，就会放下一些原有的偏见。"

其实，人这一生，就是一个不断见天地，见众生，见自我的过程。走出自己的方寸之地，去丰富自己的见识，是我们必经的修行。当你见过高山的巍峨、沙漠的广阔、戈壁的浪漫，体会到天地的无垠，你就会变得谦卑；当你见过不同国家民族的风土人情，就会发现，这世上不但有无数种生活，而且人生也可以有无数种选择。你开始不再拘泥于眼前的鸡毛蒜皮，学会将眼光放向远处，懂得了活在自己的节奏里。

不羡慕谁，更不嫉妒任何人。那些见过的世面，可以拓开你内心的格局，让你可以抵达足够远的远方，去过那有趣而多样的生活！

怀瑾握瑜

2021 年 4 月 8 日

大家应该都知道这句话："教师，是人类灵魂的工程师。"那么，什么才是一个人的灵魂呢？从字典里解释是：生命、人格、良心；精神、思想、感情等，指事物中起主导和决定作用的因素。

事实上，一个人真正的高贵，就在于其灵魂的丰盈。这正如林清玄先生说的："我们时时保有善良、宽容、明朗的心情，不要说为他人送一轮明月，同时送出许多明月都是可能的，因为明月不是相送，而是一种相映，能映照出互相的光明。"

大家也许都知道这些人的故事：一个清苦的乡村教师，自己节衣缩食、重病缠身，却将几千名学生送出大山；一个交完房租、工资所剩无几的姑娘，每月坚持在网上给留守儿童捐助免费午餐；一个衣衫褴褛的乞讨老人，为雨中无助的母女送去一把旧伞……还有一个或许你们不知道呢，那就是我单位的徐会计，她无怨无悔地照顾一个无依无靠的敬老院老人并掏钱为其看病长达二十年之久。实际上她去年就退休了，但她依然在为单位发挥着余热，也许，这就是单位无论是从领导还是职工，都亲切而尊敬地叫她"徐姐"的原因吧！

所以说，一个善良的灵魂，在照亮他人的同时，总能收获不期而遇的温暖；凡是温柔对待这个世界的人，那就必将会被这个世界温暖相拥！

范张鸡黍

2021 年 4 月 11 日

多年前，PC 老兄就对我说，朋友不一定太多，但必须是内心干净、彼此交心。像我们这几个人就很好，可以建个小群，没事坐在一起小聚一下，谈谈工作、唠唠家常……挺好！这些年，我在信阳是这样，在老家息县依然有几个知己亦是如此。

记得隋朝的王通在其所写的《中说》中有言："以利相交，利尽则散；以势相交，势败则倾；以权相交，权失则弃；惟以心相交，方能成其久远。"这意思就是说：为了钻营财利而结交的朋友，在丧失财力的时候会绝交；为了钻营势力而结交的朋友，在没有势力的时候也会绝交；为了权力而结交的朋友，在没有权力的时候就会被遗弃；只有用心去交往的朋友，才是永久的。

事实上，人的一生，总会遇到万万千千、形形色色的人，但大多数人不过是擦肩而过，真正能陪你风雨兼程的人，叮以说是少之又少。因此，与其蝇营狗苟，处处迎合，不如收拾好自己的社交圈子，用彼此的真心换取真心。

人生得一二知己足矣！三五好友依然胜过万千的泛泛之交；圈子干净的人，其实是活得最睿智的人，也是最有幸福感的人！

厚德载物

我们常说：欣赏一个人，始于颜值，敬于才华，合于性格，久于善良，忠于人品。一个人的才华和能力固然重要，但如果没有好的人品，是很难成功的。我们常说"文如其人"，写文章和写字都是学做人，人品就是"文品"和"字品"。那么，"人品"到底是什么，其实就是"真、善、美"。昨天 MH 大哥对我们说，"厚德载物""为人坦诚""不忘初心，努力工作"……一番话让我有很多感触。说实话，老同志身上有很多值得我们学习的东西啊！为什么我们通常认为人品好的人比一般人更容易成功，那是因为这个世界上所有的好运，都是我们平时人品和善良的累积。只有说真话，办真事，踏踏实实地工作，任何时候不投机钻营才能做真人、做好事。即使有人亏待了我们，老天也会加倍还给我们！

恪守不渝

几天前，有位仁兄就因对方一句承诺没有兑现，导致他和多年的朋友不欢而散。说实话，现实生活中，这种例子还真的不少呢。有些人可能是信口开河说惯了，而有些人也许真的是承诺后因临时有事给耽搁了。但无论如何，失信于人是不好的，尤其是答应孩子的事情，你一定要做到。否则，不仅损耗孩子对你的信任，而且对他责任心的培养也会极其不利。

我们一定要记住，在生活中，在为人处事上，在朋友间的交往中，给他人的承诺一定要兑现。当你答应了别人的请求时，就意味着你身上多了一份责任，一份来自对方的殷殷期盼！不仅如此，我们答应自己的事情，也一定要做到。比如我们很多计划已久的事情，总是被自己找各种借口拖延下去。这其实是对自己不负责的一种行为，若不加纠正，到最后可能会陷入一个越来越迷茫的怪圈。

诺不轻许，故我不负人。无论是对自己还是对他人，在做承诺之前一定要考虑清楚，是否能给出承诺，若不能，就坦诚地解释是什么原因，然后优雅地予以拒绝；如果答应了，无论过程有多困难，即便是损害到自己的利益，也要想方设法予以兑现，如此，你才会永远赢得人们的信任和尊重！

善解人意

2021 年 4 月 22 日

昨天下午，因上周我们几个约好了周二下午要去肖店乡看望任驻村第一书记的朋友，可当联系另一位友人时，他却说临时有任务去不了啦，并且一再在电话中说："谢谢理解！谢谢理解！"而我们也真诚地对他说："没事的，您先忙，没关系，下次您方便时再约吧！"

其实，理解是心与心的疼惜与懂得，是一辈子的谅解与牵挂！多一分理解，就是多一分温暖；多一分理解，就是多一分感动；多一分理解，就是多一层美好！比如在《了不起的盖茨比》里就有这样一段话："每逢你要批评别人的时候，你就记住，这个世界上所有的人，并不是个个都有过你拥有的那些优越条件……"所以说，因为懂得，所以慈悲；因为不同，所以理解！

只要理解多了，抱怨也就少了，紧接着伤害也就少了，随之而来的爱也就浓了。因此，懂得理解别人的人，他的内心永远装着一个温暖的春天！

慎言慎行

2021 年 4 月 24 日

人们常说，人人都爱面子，更有人不时地强调"祸从口出"，一定要在说话时"谨言慎行"。而现实生活中，就有那么一些人，常常说话口无遮拦，专揭人短，戳别人痛处，时常弄得同事矛盾、朋友不和、家人不睦！

有人说：一个人的成就，20%取决于他的智商，80%取决于他的情商。尤其是在别人难堪的时候，给人家台阶下；在人左右为难的时候，给人家面子，这就是最高的情商。作家刘亮程在《一个人的村庄》中写道："落在一个人一生中的雪，我们不能全部看见，各有各的隐晦和皎洁。"真的，伤什么也别伤人家的面子；戳什么也别戳人家的心窝。别人的难言之隐，千万不要去拆穿；在别人左右为难的时候，更不要去笑话。因为，谁都会有雨天没伞的时候。如果你在大雨滂沱时为别人撑了一把伞，那么，日后若是有雨落到了你的身上，自然就会有人把伞撑到你的肩头！

高情远致

2021 年 4 月 28 日

很多朋友都说喜欢我，说我身上不仅有正能量，而且还很幽默风趣，常常说话引得他们捧腹大笑。说实话，"物以类聚，人以群分"，我身边的朋友亦如此。因为你是什么样的人，身边聚集的也同样会是什么样的朋友。

说到有趣的人，我最佩服的还是明末第一才子张岱。他的有趣，迷倒无数的男女。试想：一个没有情趣的人，又有多少人愿意与其交往呢？实际上，看一个人，只要看他的所爱、看他的朋友、看他读的书都是什么样的，足矣！如果你常与一个有趣的灵魂交往，久而久之，自己会同样受到感染。一辈子很长，做一个有趣的人，和有趣的灵魂在一起，是件很幸福的事，那时你会发现，每一天的生活都熠熠生辉！作家贾平凹说："人可以无知，但不可以无趣。"王小波曾说："一辈子很长，要跟有趣的人在一起。"但是，常有人感觉自己很无趣，身边缺乏有趣的人。可我觉得，即便身边没有让你感到有趣的人，但你可以去读读那些有趣的名家，去和有趣的灵魂对话。

说到有趣的名家，我最喜欢的还是张岱。他的那本《夜航船》，我总放在床头，每天晚上躺在床头，常常读到大笑！

山不厌高，水不厌深

2021 年 5 月 3 日

记得在 2001 年夏天，我一个十分敬重的老兄（其实，我俩不仅是文友，他更是我的良师）因工作需要调至新县任县委书记。有一次，因工作需要，我去新县职高拍专题片。晚饭后，我便联系老兄，问他是否在新县，老兄回答说"在"。随后他问我在哪，我说我在新县教育宾馆。可让我没有想到的是，老兄十分钟后就步行去了那里找我。这一举动，令当时在场的朋友们都十分感动！大家纷纷称赞道：这个县委书记竟是如此的谦卑谦和啊！他们的意思是，一个县委书记工作那么忙，哪有工夫来找我们并陪我们说话聊天呢？

人们都说，一个人有多谦卑就有多高贵。说苏东坡为何有无数粉丝，其中一个原因就是他这种泛爱天下的人生态度。只要是一个真正有修养和风度的人，他才会用平等的心态去善待每个人。因为他们明白，只有尊重别人，才能获得他人的尊重。所以，真正的谦卑，不是谄媚或奉承，而是以一种平等的姿态和宽厚的胸怀来对待人和事。

曾国藩说：谦卑含容是贵相。事实上，越谦卑的人就越高贵。心存谦卑是一个人有着极高修养的体现，修养境界越高的人越谦卑朴实；他们从不会盛气凌人、高高在上、傲慢无礼。因为他们深深地懂得，人啊，只有谦和谦卑、不断自省，才能让自己的人生辉煌璀璨！

苦难是人生的老师

2021 年 5 月 10 日

都说"近朱者赤，近墨者黑"，这话太对了。我有一个极好的朋友，天生爱笑，跟其在一起久了，从前一般不苟言笑的我，现在也经常笑声不断，感觉真的十分快乐！

生命不过百，常怀千岁忧；百事从心起，一笑解千愁。林语堂说："人生在世，还不是有时笑笑人家，有时给人家笑笑。"生命太短，我们真的没有时间去伤春悲秋。其实，你若笑过便会懂得，世间风雨琳琅，山水终会相逢。当你身处困境的时候坦然一笑，是一种豁达。我曾经看过一篇很感人的文章，题目是《把笑容带回家》。文中说，一对母子正在为上大学的学费发愁时，父亲回家却笑了笑说："我下岗了。"父亲出去找工作总是碰壁，可每天回家他总是笑着说："差不多了。"父亲做工时受了伤，回家后依然笑嘻嘻地说："没事的，没事的。"可是最后，一家人就是靠着一辆人力三轮车攒够了学费。

事实上，"人"字就是两笔，一笔前进，一笔后退；一笔顺境，一笔逆境；一笔付出，一笔收获。当你身处困境时，先给自己一个微笑，那么，这世上最美的风景，就在你的脸上！

零的哲学

2021 年 5 月 12 日

记得前不久几个朋友在一起打牌的时候，在打了一圈后，也算不清到底谁赢了几次、谁输了多少，争执激烈、现场热闹啊！还是有位朋友聪明，连忙摆了摆手笑笑说："算了算了，一切回归到零，从零开始。"

一切回归到零，从零开始，真好！大家应该都知道，太阳早晨从东方升起，可一夜之后它又回归到东方。回归，是温柔而有力的、是仁慈而冷峻的；它不知不觉又韧性十足，而回归的真正目的就是圆满。大家可以想一想，竞技场上，无论你跑一千米还是一万米，若不回到起点，你的成绩永远以零计算；而发往其他星球上的飞船，若不返回到起点，就会被称之为一次失败的实验。

一切从零开始还要回归到零是这个世界上最简单、朴素、浅显的哲学。它是思想的根、艺术的根，所不同的是，在芸芸众生中，有的把这零画的较大，有的把零画的较小而已！

热爱生活

2021 年 5 月 24 日

在日常生活中，我们常常听人说：要珍爱生命，热爱生活。

但这八个字到底是什么意思，我一直没弄明白。我曾看过一则报道，说有几个娱乐圈的人因吸食冰毒过量而离开人世。我认为这可能就是不珍惜生命吧！因为他们把生命当作是一种简单的玩笑了。他们不仅没有给世人留下任何东西，反而给自己的家人留下了无尽的悲伤！我曾经在某部电视剧中看到过一个特殊的乐团。这个乐团是由残疾人组成的，他们当中有的没有手，有的眼睛看不见，但是他们却能演奏出美妙的音乐分享给大家。巴金曾说："生命的意义在于付出和给予。"我个人认为，虽然这个乐团每个人的身体都有缺陷，但是他们那种永不放弃的拼搏精神就是为了不浪费生命，更是为了倍加珍爱生命！

　　说到热爱生活，事实上，我们生活中有许多美好的东西。比如工作学习、兴趣爱好等。像爱因斯坦，他每天工作虽然十分繁忙，但他总会挤出一些时间来拉一下小提琴，使自己更好地享受生活。而我自己的兴趣则是一年四季、天天晚上在家里用个大木盆泡脚，且从不间断。

　　因此说，热爱生活就是用心做好自己喜欢的每一件事情。生话是美好的，但是，要经过我们的种种努力去创造它；生命是短暂的，然而，只要我们不把宝贵的时间用在无意义的地方，认真去对待生活中的每一件事情，我们的生活必将过得无比精彩！

虚怀若谷

2021 年 6 月 2 日

前天早上，在信阳农林学院工作的一位多年的挚友给我发了一个链接：愚者自踩，智者互抬。我打开这条链接，反反复复看了三遍，边看边思忖这句话确确实实说的有一定的道理啊！在现实生活中，这种例子还少吗？都说同行是冤家，背后说坏话。实际上格局小的人，无论是做哪一行，都不会让利给别人的，处处都是说别人的不好，总以为自己哪哪都好、无所不能。

还是老话说得好：再大的烙饼也大不过烙它的锅。如果做人的格局不够大，即使能力再高也终会有局限。由于智者的格局高，他们深深地知道"众人拾柴火焰高"这个道理，所以他们互相搭桥；而愚者的格局低，他们只能看到眼前的利益，于是，他们互相拆台。然而，这样做的最后结果是：强者互相帮助，彼此更强；弱者之间互撕，彼此更弱。在这大千世界里，芸芸众生中，聪明的人懂得，帮助他人正是帮助自己这个道理。正如人们常说：渡己是一种能力，而渡人却是一种格局。

事实上，一个真正有格局的人，他们能够做到互相帮助，互相抬举，最终成就自己辉煌的人生！

修身立节

2021 年 6 月 5 日

我们经常在某些领导或成功人士的办公室或是家里客厅的墙上看到挂有"宁静致远"这样内容的字画。开始不解其意，总以为是这些领导或老总们在拽文雅、装门面，其实不然。今天看来，他们是在用这四个字提醒自己，无论在任何时候，必须要有平稳静谧的心态，不为杂念所左右，唯有静思反省，才能树立远大的目标！

事实上就是这样。如果一个人有贪婪之心，得到的时候他心花怒放、得意忘形；得不到的时候便朝思暮想、劳心费神地去进行谋划，这种人的心里会平静吗？如果一个人有功利之心，老是不断计较自己的得失，为了一分一厘便费尽心思，忽喜忽忧，他的人生也就根本没有平静可言！

因此说，宁静是一种气质，也是一种修养，更是一种美好的境界。我现在懂了，什么是宁静致远？恬静安宁，宛若一泓秋水，映着明月。其实，宁静不是平淡，更非平庸，而是一种充满内涵的幽远，"于无声处听惊雷"。在宁静轻松的环境中生活，你会感觉到每天的阳光都很灿烂，你会更加享受到美好的人生！

蕙质兰心

2021 年 6 月 9 日

新山同学去年就让我写篇短文，赞美一下我家的"一把手"和他家的"贤内助"。因为她俩自从嫁到我们老陈家之后，自始至终都是孝顺贤淑、善待兄妹、团结妯娌、任劳任怨、无私奉献！可最终还是俺家的"一把手"说"这都是她们应该做的，一定不要写，要写就写写咱家老三的媳妇胡玉霞吧！"如果让我们征求三弟媳妇的意见，她肯定也是不会让写的，因为，在她的心目中，无论是孝敬老人，还是用真心对待家人，用她的话说：她做的还远远不够，有什么好说的呢？

发自肺腑地说：我的三弟媳妇，她真的是用一颗金子般的诚心、爱心、耐心和孝心，无微不至地照顾我 80 多岁的老母亲近三十年啊！谱写了一曲敬老、爱老、孝老之歌，营造了和谐、美满、幸福的家庭氛围，对我们家族的每个孩子也都起到了言传身教的作用。使我的侄儿和侄女们从小耳濡目染、潜移默化地受到了尊老、敬老、孝老的传统教育，同时也弘扬了中华民族的传统美德！在此，我要真诚地向我三弟妹说一声：谢谢您！辛苦了！

尽忠报国（红船精神）

2021 年 6 月 16 日

中国共产党第一次全国代表大会于 1921 年 7 月 23 日在上海法租界贝勒路树德里 3 号（后称望志路 106 号，现改为兴业路 76 号）召开，出席大会的各地代表共 13 人。7 月 30 日晚，因突遭法国巡捕搜查，会议被迫休会。8 月 2 日上午，"一大"代表毛泽东、董必武等，由李达夫人王会悟作向导，从上海乘火车转移到浙江嘉兴，在南湖的一艘丝网船上完成了大会议程，宣告了中国共产党的诞生。这条小船因而获得了一个永载中国革命史册的名字——红船。从此，红船起航，梦想起飞！

红船是中国共产党登上历史舞台的起点。我们党从这里诞生、从这里出征、从这里走向全国执政。2005 年 6 月 21 日，时任浙江省委书记的习近平同志，在《光明日报》刊发 5000 多字的署名文章《弘扬"红船精神"走在时代前列》，首次提出了"红船精神"，并将其概括为："开天辟地、敢为人先的首创精神；坚定理想、百折不挠的奋斗精神；立党为公，忠诚为民的奉献精神。""红船精神"作为党的革命精神之源，构成了中国共产党革命精神和当代中国精神的核心内容，彰显出跨越时空的永恒价值和强大的生命力，闪耀着熠熠生辉的璀璨光芒！

"红船精神"一头连着党的根脉渊源，一头指向更加广阔的未来。新征程上，我们不仅要汲取"红船精神"的力量，而且更要做好"红船精神"的弘扬者和践行者，以永不懈怠的精神状态和一往无前的奋斗姿态，在新时代引路人的引领下，推动承载着中华民族伟大复兴梦想的航船破浪前行，直至胜利到达光辉的彼岸！

进德修业

2021 年 6 月 22 日

"骑牛远远过前村，短笛横吹隔陇闻。多少长安名利客，机关算尽不如君。"昨天晚上，在重温唐诗宋词时，忽然读到黄庭坚的这首诗，觉得很有一些现实意义。

说句实在话，上大学之前，在读唐诗宋词或者是背诵唐诗宋词的时候也仅仅是读读和背背而已，至于诗人、词人在诗里、词里要表达的中心思想或表述的意境，我真的是懵懵懂懂、一知半解啊！而现在才知道细细品味、读懂读透。

现在重读黄庭坚的《牧童诗》，便明显地领会出这首诗的前两句，显然是诗人描摹出了牧童悠闲、洒脱的心情，从而衬托出这位牧童过着的就是很多大人们都向往的"田园牧歌式"的生活。而诗的后两句则是说，长安城里那些追逐名利的人，是费尽了心机也不如你这样清闲自在啊！事实上，诗的后两句就是表明黄庭坚自己的观点：人就应该过着悠闲自在的生活，不要去过多地追求名利。

据说，这首诗是黄庭坚在 7 岁的时候就悟出的一个道理：人应该活得悠闲自在，不要为名利所驱。但可惜的是，就是有那么一些人，到老了却还看不透彻、弄不明白。现在想想，虽然我们距黄庭坚所在的时代过去了近千年，但他悟出来的这个道理今天仍然适用。

难得糊涂

昨天上午，耀辉老总给我发了条链接，读了之后觉得很有一些教育意义！

这条链接的内容讲的是，在西汉的时候，当朝皇上把一群羊交给身边的宦官，让他把这些羊分给在场的各位大臣。可是，这群羊有大有小、有肥有瘦，宦官一时感到十分为难，真的不知道到底该怎么分才好。正在他左右为难的时候，有位大臣走了过来，随手牵了一只既小又瘦的小羊说："谢谢皇上的赏赐！"随后，自己牵着这头小羊高高兴兴地回家了。其他大臣见状，也学着跟他一样，顺手牵了头羊便"谢主隆恩"地回去了。

后来，这位大臣不仅得到了皇帝的重用，同时，也受到了朝中群臣的敬重！

其实，人，有的时候真的需要有一点傻气。越是不斤斤计较的人，往往越是收获最多的人，甚至会收获到一些自己都意想不到的额外的东西。

这个故事告诉我们，糊涂不仅仅是一种气度，也是一种修养，更是一种境界！

中流砥柱

2021 年 7 月 1 日

今天是 7 月 1 日，也是中国共产党百年华诞。一百年来，我们伟大的党，团结带领全国各族人民推翻了帝国主义、封建主义和官僚资本主义压在中国人民头上的三座大山，建立了新中国。

回首一百年来的风雨历程和所取得的辉煌业绩，我们怎么也忘不了 1921 年 7 月，更忘不了嘉兴南湖的那艘船。没有共产党就没有新中国，这早已成了不变的真理！100 年的奋斗，100 年的求索，100 年的沧桑，100 年的巨变，鲜红的党旗始终飘扬在我们奋斗的前方。中国共产党带领红军突破了国民党军对红军的五次"围剿"，并长征二万五千里，坚持十四年抗战，打败了日本法西斯，高奏"三大战役"的凯歌！

在血与火中诞生的中国共产党，以"先天下之忧而忧"的广阔胸怀，领导各族人民，团结各界人士，在腥风血雨中，写下了"中国人民从此站起来了"的辉煌篇章！只有在中国共产党的领导下，我们的各项事业才会蒸蒸日上！

我们坚信，在以习近平同志为核心的党中央的坚强领导下，在党的基本理论、基本路线和基本纲领的指引下，只要沿着建设中国特色社会主义道路继续前进，我们的目标就一定能够实现。到 21 世纪中，中国必将屹立于世界强国之林，中华民族必将昂首屹立于世界民族之林，实现中华民族的伟大复兴！

为人师表

2021 年 7 月 6 日

7 月 1 日，在庆祝中国共产党成立 100 周年庆典大会上，我们发现，"七一勋章"获得者张桂梅登上了天安门城楼，这一幕令很多人动容。

就在当天，还有一个有关张桂梅校长的故事上了热搜，这就是空政歌舞团著名演员、歌剧《江姐》中江姐的扮演者孙少兰老师发布的一则朋友圈。2018 年，孙少兰去华坪女中演出歌剧《江姐》。那天演出结束后，孙老师在拍摄校园风光，张桂梅校长小心翼翼地靠近孙老师，把头靠到了她的肩上。孙少兰在朋友圈中写道："她悄悄地靠近我，是因为我是演她最喜欢的江姐的人；她轻轻地把头放在我肩上，是因为她心目中的英雄离她更近。"张桂梅说："江姐是我一生的榜样！小说《红岩》和歌剧《江姐》是我心中永远的经典。我要以她为榜样，更希望孩子们记住江姐，记住在女子高中那"一抹红"，这将是她们终生受用的财富。"

因为张桂梅校长崇拜英雄，所以她也成了英雄。这就是我们伟大而纯粹的共产党员！致敬！张桂梅校长！

福不徒来

2021 年 7 月 9 日

　　我们平时在生活中，会经常听到这样的声音：谁谁家的老公被提拔了、高升了；谁谁家的孩子学习好，考上北大、清华了；现在当老师多好，工资高、工作稳定，假期又多，幸福啊！羡慕啊！

　　事实上，在这个世界上，真的没有完全幸福的人生！所谓的幸福，只不过是相对而言的。记得作家莫言曾经在一档节目中说过："人，来到这个世上，总会有许多的不如意；也会有许多的不公平；会有很多的失落，也会有许多的羡慕；你羡慕我的自由，我羡慕你的约束；你羡慕我的车，我羡慕你的房；你羡慕我的工作，我羡慕你每天都有休息时间。"

　　其实，世间所有的生物都在互相羡慕着，总感觉别人比自己更好。可仔细想想，生活哪有什么好与坏之分呢？你付出几分便会得到几分。而真正把生活过成诗一样的人，他们对生活所付出的精力是别人难以想象的啊！

道德经——内圣外王之学

2021 年 7 月 12 日

　　时常有人说，能读懂《道德经》的人，不仅是个有学问的人，更是一个非常成功且了不起的人！因为它大至天地，小至尘埃，再到修身、养性、养生、处事、治国等，包罗万象，尽收眼底。

那么，何谓《道德经》呢？《道德经》又称《老子》。传说是春秋时期的老子李耳所撰写的，是道德哲学思想的重要来源。《道德经》分上、下两篇，原文上篇《德经》，下篇《道经》，不分章，后改为《道经》在前，《德经》在后，并分为81 章，全文共约五千字，是中国历史上首部完整的哲学著作。

有人曾经提问过："《道德经》现在全球都在读，西方很多国家都在用，可是我却读不懂，也就能记下来几句话而已（天地不仁，以万物为刍狗）。"而最热门的回答是这样说的："《道德经》不是用来读的，而是用来悟的。结合工作、生活、经历等去猜透它，它就像是一把尺子，哪里做得好，哪里做得不好，只要用它量一量就全知道了。"

千古一帝

2021 年 7 月 17 日

几天前我跟一位仁兄聊天，不知什么话题让老兄忽然说起了清代张英大学士写给家人的家书中的后两句："万里长城今犹在，不见当年秦始皇。"言毕，我便开玩笑地对老兄说，正好这两天不知道日记该写什么，经您这么一说，我就写一写秦始皇吧！

说到秦始皇，大家应该都知道，他在中国的历史上着实有着浓墨重彩的一笔。他的一生可谓是个传奇！我们在上中学的时候，就已经学过并且知道他不仅统一了六国，还做了很多跨时代性的制度改革，将中国封建社会向前大大地推进了一步。虽然有人说他是暴君，但无法否认他的功劳。比如说，我们知道的，他统一了文字、货币和度量衡，不仅使当时的国家到处呈现出一片繁荣的景象，而且还创造了很多世界奇迹！比如说万里长城就是他一生中不朽的伟绩！

另外我想说的是，除此之外，秦始皇还在中国的名称上下了很大的功夫。凡是学过中国历史的人都知道，在商周以前，中国都是被称作"华夏"。"华"是指华丽的服饰，而"夏"则是指周朝的礼乐制度。而"华夏"两个字合在一起，就寓意着我们中国是华丽文明的礼仪之邦。但秦始皇当时并不满意这个名字，决定要把"华夏"改为"中华"。

雄才大略

2021 年 7 月 19 日

我们不知道当时秦始皇是怎么琢磨出要把"华夏"改为"中华"这个名字的。严格地说，"中华"一词还并非独创于秦始皇之手，他只是给"中华"两个字赋予了专属的寓意和内涵，让它成了中国的新的代名词，从此，便一直流传了下来。

到了 1902 年，梁启超先生首次提出了"中华民族"这一新的名称和概念，寓意着中国 56 个民族终将会迎来大团圆、大团结，各族人民相亲相爱。

1949 年新中国成立以后，"中华"再一次响彻了全世界，并且走向了世界的大舞台，要知道，这可是我们中华儿女的魂啊！据《现代汉语词典》记载，在古代的时候，人们还将黄河流域称为"中华"，而黄河流域又被称为汉族的发源地，可见"中华"二字跟我们的时代又是多么的默契！

我们都是中华儿女，不仅是中国人，更拥有中华魂。爱我中华！爱我中国！

志在四方

2021 年 7 月 23 日

我有好几个同学、朋友，十年前就已走上了领导岗位，还有几个是身价不菲的企业家。大学毕业工作之后，找的媳妇都是城里人，而当初在谈恋爱的时候，媳妇的父母和亲戚反对，说农村人没什么出息而且负担还重，嫁给他们受罪，根本没有什么幸福可言。

事实上，真正优秀的女人根本不这么认为，她们所看中的并不是男人的出身，往往看中的是男人的上进心；而男人看男人，往往看中的是彼此的志向。一个是气，一个是志，这两个字合起来便是"志气"。有志向的男人是要干事业的，但无论你做什么样的事业都是离不开志气二字的。这正如清代学者申居郧说的那样："无志气之人，一事做不得。"而明代文学家、思想家吕坤则说得更好："把志气奋发得起，何事不可做？"

因此说，真正成功的男人是与自己的出身没有任何关系的。

就如金朝著有《万寿语录》的万寿行秀禅师说的那样："虎瘦雄心在，人贫志气存。"也如南宋文学家刘过在他写的《盱眙行》一诗中所说："沧海可填山可移，男儿志气当如斯。"

所谓志气，志不仅是男人的方向，更是男人的动力。这就是说，一个人只要有方向又有动力，那么，又何愁到达不了成功的彼岸呢！

豪气凌云

2021 年 8 月 6 日

之前我在日记中写道，"志气"是一个男人内心坚定的意志，岂不知"豪气"更是一个男人胸中澎湃的万丈豪情！看一看这次我们河南郑州、新乡等地在面对洪灾时，冲在一线抗洪救灾、不怕牺牲的共产党员们，他们哪一个没有大丈夫的本色、男儿的豪情！

其实，人的一生，仅仅有志气而无豪气是不行的。在高歌猛进的人生之旅中，总是少不了一份情怀、一种意趣，更是少不了满腔豪气的。这其中的意味，正如陆游在《泛三江海浦》一诗中所写的那样："醉斩长鲸倚天剑，笑凌骇浪济川舟。"

肯定有朋友会问，我们每次在自然灾害面前，冲在一线的解放军官兵、武警部队官兵、共产党员，他们不畏艰险、不怕牺牲的豪气来自哪里？我个人的回答是：来自"仰天大笑出门去，吾辈岂是蓬蒿人"的强大自信；来自"风萧萧兮易水寒，壮士一去兮不复还"的坚定意志！

他们的这种豪气，不仅仅是情感，更是胸怀以及对党和人民赤胆忠诚、敢于牺牲一切的伟大品格！

典则俊雅

2021 年 8 月 7 日

人们常说，男人的魅力在于气概（也就是人们常说的英雄气概吧），而女人的魅力在于"雅"。殊不知，雅致在心便成了高贵，这就是人们常常说到的"高雅"吧！

事实上，真正的高雅是一种气质、一种格调，更关乎内心，而绝不是珠光宝气、富贵奢华。比如上个周末，几位朋友在一起小聚时，有位朋友形容了半天也没有找到准确的词语来赞美跟他一起前来聚会的年近四十岁的女同事，还是另一位朋友形容得到位：哇，美女，你气质高雅啊！

实际上，女人的这份高雅之气，只能生发于女人的涵养之中，关于这一点，唐代著名诗人杜甫在他的《佳人》一诗中就描写得淋漓尽致，他称高雅女人的风姿是："绝代有佳人，幽居在空谷。"而汉代的曹植则说，高雅女人的仪态是："顾盼遗光彩，长啸气若兰。"

还是唐代著名诗人王昌龄在《西宫愁怨》一诗中说得好："芙蓉不及美人妆，水殿风来珠翠香。"如此，这才是真高雅啊！

秀外慧中

2021 年 8 月 8 日

人们都说，一个让人真正感觉到美的女人，仅仅有高雅是不够的，她必须具备"三雅"才算是真美人，三者缺一不可。昨天我已说到高雅，今天我们再聊一聊优雅吧。

都说女人的高雅存乎于内心，而女人的优雅则表现在举手投足间。对于自己，优雅是一种修为；对于他人，优雅就是一种教养；对于自己，优雅便是一种灵魂的自足；对于他人，优雅便是一种真切的可人。美貌只是一时的，而优雅却可以是一生的啊！

不知大家平时注意过没有，凡是优雅的女人，她一定会具备以下几个方面。一是她静，静得就像"两弯似蹙非蹙笼烟眉，一双似喜非喜含情目"；二是她动，若动便是"娴静犹如花照水，行动好比风扶柳"；三是她言，如果开口说话，就让人感觉到"笑颜如花绽，玉音婉转流"；四是她默，如果是在沉默不语的时候，那就是"浣溪弄碧水，自与清波闲"。

如此优雅的女人，因为动人，所以迷人！

巾帼风姿

2021 年 8 月 9 日

都说一个清雅的女人，清气在其心，雅致在其身，如此，才最为天然、自然。在这清清淡淡之中，哪怕远观也似微醺。

不知大家仔细想过没有，在这个浮躁而又功利的环境中，清雅安静的女子已不多见了，如果你有缘真的能遇上这么一个人，你会发现，她的气质可谓"清水出芙蓉，天然去雕饰"。哪怕萍水相逢，也必将会铭记于心。

其实，除了气质之外，清雅还代表着一种女人。如果把高雅比喻为大家闺秀的话，那么，清雅就可谓是小家碧玉了，这两者可以说是不同的优雅。都说清雅的女人是轻盈的，这正如南唐诗人李煜在他所作的《长相思·云一缟》中所写的那样："云一缟，玉一梭，淡淡衫儿薄薄罗……"非但如此，这样的女子看上去更是亲切的，否则，唐朝诗人韦庄怎么会在他的《女冠子二首》一词中有"依旧桃花面，频低柳叶眉"这样的感受呢！

还是有人形容得好！他们说，清雅的女人，如柳梢上的风儿、花儿上面的露水，更像山间的薄云……

操千曲而后晓声，观千剑而后识器

2021 年 8 月 12 日

近日，读晚清四大名臣之首、散文"湘乡派"创始人曾国藩的代表作《治学论道之经》方知，曾国藩一生之所以能够成就一番伟业，除了他自己不懈的努力之外，竟然还恪守一个"熟"字。

说起这个"熟"字，我们也是再熟悉不过了。比如我们过去上学时学过的成语，什么"轻车熟路"呀、"熟能生巧"呀、"驾熟就轻"呀、"瓜熟蒂落"呀……还有老师告诉我们的"熟读唐诗三百首，不会作诗也会诌"，等等。而曾国藩认为，人的一生无论是读书做文章，抑或是做人做事，要想成功，必须要靠"熟"这个字。不仅如此，他还进一步提出了一套"熟"的哲学来。

其实，这里所说的"熟"，不仅仅是指在文章、书法等方面，而且还指在修身、养性、悟道等方面都要达到炉火纯青、出神入化的状态和境界。曾国藩说："妙也、巧也、成也，皆从极熟之后得之者也。"他还说："五谷不熟，不如荑稗。"

踔厉奋发

2021 年 8 月 13 日

昨天晚上读了任正非写的《华为的红旗到底能打多久》一书，我不仅对任董讲述的对企业的治理之道很是赞同，而且认为书中的很多观点对我们做人做事以及工作都有很大的启发。

比如说，有个华为的工程师曾经问过任正非：为什么我们的年龄差不多，而你是老板，可我却是个打工的呢？任正非略加思考一下说：我们之间有三点不同。第一，我是把全部身家拿来创业，每天都在面对不同的问题，而你只不过是在上班做你分内分配的事情，你是就业而我是创业；第二，我每天要想着公司上下几千人的生计问题，而你只需要领着工资然后回家照顾好家人，我们承担的责任不对等；第三，我做出一个决策，其影响会很广泛，而你每天所做出的决策影响，最多的影响仅仅是你的工作小组而已，因此，我们的决策影响不同。

我认为任正非与他公司的工程师说的这三点非常好。很多时候，我们总是去羡慕那些老总呀、领导呀，可是仔细想想，他们所承担的责任、面临的压力往往是平常人的几何倍数。这正如电影《蜘蛛侠》中的一句台词所说的那样："能力越大，责任越大！"

人的一生，与其终日羡慕别人的光鲜亮丽，不如把精力放到自己可以控制的领域。你若努力，自有安排。人啊，只要完成好自己的角色，种好自己的那"一块田"，这就是最大的成功！

讲信修睦

2021 年 8 月 19 日

前几天与几个"70 后"的朋友聊天，在聊到什么才是一个人的教养这个话题时，还是我在高校工作的一个学弟解释得透彻。他说，教养不仅仅是一种尊重，而且是一种气量、一种宽以待人的度量、一种品德和崇高的人格魅力。

在大家为学弟的这番话拍手叫好的同时，我不禁想起三年前我单位的一位法律顾问对我说过的一句话，他说："我最讨厌那种不守时间的人，凡是与我约好时间五分钟不到的我立即走人，绝不再见。"开始我以为他说的是气话，岂不知在以后的工作生活中他真的是这样做的。

现在我才明白，在我这位法律顾问看来，每个人的时间都是宝贵的，有教养的人绝不会肆意地去浪费别人的时间，培养良好的时间观念，既是对他人的尊重，也是个人素养良好的重要体现。无论是开会还是赴约，有教养的人从不迟到，因为他们懂得，即使是无意迟到，对其他准时到场的人来说，也同样都是一种不尊重的表现。

方正贤良

2021 年 8 月 27 日

人们都说，这学历那学历，唯有人品才是最高的学历。事实的确如此，在我国传统文化中就有许多强调个人品德的名言警句，比如："子欲为事，先为人圣""德才兼备，以德为首"，等等。

这就不难看出，古人就强调德在才前，所以才说"德才兼备"，由此可见人品的重要性。这就说明一个人在做事之前必须学会先去做人。诚然，一个人的能力固然重要，但一个人的人品比能力更加重要！所谓"人才"，这人才两个字依然是人在才前，倘若轻视人品的自我修养与塑造，即使你才高八斗也是一定成不了才的。

从以上我们可以看出，人品才是一个人最高的学历，是人能力施展的基础。如果一个人的人品好又有能力的话，他一定会获得很大的成功；反之，一个人即使能力再强，如果人品不好，那么，他的能力就会变成毁掉他人生的利器！

博大精深

2021 年 8 月 28 日

前天跟两位领导去参加一个活动，坐在车上，有幸聆听了两位很睿智的领导谈起哲学这个话题，深感受益匪浅。

记得作家周国平曾经说过："如果你希望自己或者孩子成为一个优秀的人，那么，哲学恰恰是最有用的。"周国平之所以这样说，是因为哲学是因好奇而发，是以思考为工具去追求真知的。它能给人们以开阔的眼界、聪明的头脑和智慧的生活态度。据研究显示，哈佛大学哲学系的学生，平均智商始终位居前列，像乔布斯和比尔·盖茨等都是哲学爱好者。

或许在你看来，哲学只是属于深奥的领域，但事实上，哲学是一种思考事物的方式。任何人都可以在自己的日常生活中对周围的事物和人物产生思考，而哲学家却是将这些思考的火花，进一步燃烧下去。在人们追崇自然科学的今天，虽然说哲学不能直接拿来用于生产活动，但这绝不意味着我们就要放弃哲学。非但如此，我们更要在物质生活发达的今天，学会反思，学会用哲学的方式去做深入的思考。

也许有人会说，不用学习哲学照样可以做成事或赚到钱，甚至可以成为企业家。但我更相信，凡是认真学习哲学的企业家，他一定会走得更远。

俭存奢失

2021 年 8 月 30 日

昨天晚上看了一则新闻，称刚刚被查处的一位副部级领导，有一次一顿饭就吃掉 4 万多元。看了这条新闻后我在想，点这么多菜他们吃得完吗？还有就是，先撇开花重金吃这顿饭铺张浪费不说，假如说这顿饭是这位领导自己掏腰包的话，一是他请得起吗？二是他舍得吗？

对此，我想起了蔡澜先生曾出过一本书，书名叫《碗净福至》。所谓碗净，它的寓意是珍惜，不仅是对食物的尊重、对制食人的感恩，更是对自然赠予的敬畏。如此，方能从每天的一饮一食中获取福气，从容而优雅地过好自己的一生。其实，一个人有无福气，就是从饭桌上开始的。说到这里，我又想起了被称为晚清"四大名臣"之首的曾国藩。

说到曾国藩，我想大家一定都很熟知，他是晚清"中兴第一名臣"，名声显赫。可在生活上，他依然保持着寒士的作风。在出任两江总督时，扬州盐商特意准备了"饕餮盛宴"宴请他。面对这一桌子的山珍海味，曾国藩仅动了面前的两道素菜。饭后他说："一食千金，吾不忍食，目不忍睹。"《易经》中也说："君子以节饮食。"曾国藩正是从节制饮食开始，将终身的理念贯彻始终，从而被后人誉为"半个圣人"。

大家应该还记得，2013 年元月份发起的"光盘行动"公益活动，它的宗旨是：餐厅不多点，食堂不多打，厨房不多做。该活动倡导厉行节约、反对铺张浪费，带动大家珍惜粮食菜肴，吃光盘子中的食物。该活动从倡导开始至今已 8 年多了，那么试问：诸君做的如何？

择善而行

2021 年 8 月 31 日

昨天晚上在浏览央视网时，无意间看到了一条消息，说不久前在河南省某火车站发生这样一件事情，一个女孩儿乘坐的火车马上就要开了。可是，排队取票的队伍却依旧望不到头。在万般无奈的情况下，她也是抱着试试看的心理跑到了队伍的前面，跟排在第一个的小伙子说："我乘坐的这趟火车马上就要开了，你能让我先取票吗？"让她没有料到的是，她的话音未落，小伙子就欣然同意了，然后二话不说，默默地走到队伍的最后面重新排队。

这条消息发布之后，让人没有想到的是，小伙子的这个举动，竟引来了无数个网友的赞许。其中，有一位网友写了一条评论这样说："小伙子的修养是来自他自己内心的善良，而善良的内涵之一就是能为他人着想。"这位网友说的话一点没错，事实的确如此。也许这样的情况很多人都有遇见过，而修养最直接的体现便是不让人难堪。事实上，一个有修养的人无外乎就是他不论在任何时候不仅低调谦和，而且还会一直保持爱心！

蒙以养正

我们可以认真地观察一下，一个有着积极乐观、到处都充满着正能量的家庭，他们孩子的心态一定是良好而又健全的，他们的人生态度也一定是更加积极的。

记得作家狄更斯曾经说过："一个健全的心态，要比一百种智慧都更有力量！"这就说明，拥有了一个好的心态，才能够坦然地面对生活的风雨，岁月的沧桑，如此，我们的人生才充满了希望！可是，一个人心态的好坏，很大程度上会受家庭的影响。如果做父母的消极懒散，孩子一定会学着满腹怨气，这就必然会导致经常抱怨；如果做父母的积极乐观，那么孩子从小一定会幸福快乐，遇事自然就从容。

有句话说得好："逆境比下，怠荒思上。"真正优秀的父母，他们看重子女的心态修养，会远远胜过对外物的追求。因为他们深深地知道，人的一生，路漫漫其修远兮！只要让孩子放平心态，即便是日后的生活千疮百孔，也一定能够过成诗啊！

潜移默化

不知大家看没看过中央电视台《镜子》这个节目，有一次它曾播出这样一期内容：有一个男孩子脾气十分暴躁，一言不合就动手打人。有一次因为他妈妈给他送水果打扰了他下棋，伸手就甩他妈妈一巴掌。

节目组后来追根溯源，才发现是他爸爸的坏脾气潜移默化地影响了孩子的性格。因多次在家中目睹了父母的争吵和打架后，他的情绪才变得非常的不稳定。记得俞敏洪曾经说过："父母控制情绪，理性地跟孩子交流沟通，孩子一定可以养成心平气和的情绪。这样才能从容不迫地面对困难、挫折和失败。"

其实，人生的赛程很长。童年只是其中的小小的一段。而真正有远见的父母，他们永远会不温不火；他们会怀着一颗包容之心和稳定的情绪，在赛道之外为他们的孩子温柔助力！因为他们知道，只有让孩子有稳定的情绪和正确的三观，孩子才会持续努力，而后到达理想的彼岸！

润物无声

2021 年 9 月 10 日

事实上，我们每一个做父母的在对待孩子方面，首先要做的应该是什么呢？我认为应该是尊重与爱！这个答案乍听起来不仅俗套还有些空泛，但它的确是解决大部分家庭矛盾和孩子心理问题的金钥匙啊！

记得中国人民公安大学犯罪心理学教授李玫瑾曾经说过："一个从小不被尊重的孩子和没有感受到快乐的人，他们不会有健康阳光的心态。"其实，我们每个人都有自尊心，当然，子女也不例外。如果一个孩子常被父母不分轻重地打骂和不分场合地说教，孩子就会逐渐变得不自信，甚至还会厌恶自己。只有被尊重、被信任、被肯定，才会产生接纳和自信，而这也是他们在前进的道路上最为重要的动力！

有一位校长说得好："培养孩子遇事有自己的主见、处事有自己的章法、心中有自己目标的能力，这才是对孩子最成功的教育。"尊重不仅仅是一门"学问"，也是人生一道亮丽的风景，更值得每个父母去探索和欣赏！

志存高远

2021 年 9 月 12 日

俗话说，没有规矩，不成方圆。从大的说到一个国家，从小的讲到一个人，没有规矩那是绝对不行的。规矩应该是我们每一个人最为重要的立身之本啊！

记得梁启超先生曾经说过一句话："与其跟孩子讲道理，还不如立规矩。"仔细想想这句话的确是有一定的道理的。因为我们每一个孩子的天性都好玩，并且还有很强的叛逆心，如果父母一味地由着他们的性子来，不严格管束，很有可能使孩子步入歧途。

说到规矩，梁启超先生体会地更深。当年 6 岁时的梁启超，因一件小事对母亲撒谎后，被一向温和的母亲严厉地训斥了一番。从此，母亲为他立下了"不许撒谎"的规矩。《教育家庭》一书中有这样一句话："有规矩的自由叫活泼，而没有规矩的自由叫放肆。"

如果家庭没有规矩，孩子一定会没有原则；而一个没有了原则的人，多半应该是对人对事都会缺乏敬畏之心；而不受约束和管教，自然也更是难以成才啊！

高飞远举

2021 年 9 月 13 日

"路漫漫其修远兮，吾将上下而求索。"说到底，孩子未来要走的路还很长，他们需要的是高远的目标，是正确的方向，是一路的引领。而所有这些，唯有父母才能给予。

事实上，一个人的一生，无论是宝马驹、黄金屋也好，抑或是千钟粟也罢，都不如培养出来一个好孩子更为重要啊！因为教育好自己的孩子，才是父母这辈子最宝贵的财富。记得"天才少女"武亦姝的妈妈说过一句话："天才是不存在的，任何一个优秀的孩子，都不是横空出世的奇迹，而是有迹可循的因果。它的因在家庭，它的根在父母。"

其实，为人父母者，唯有成为最好的自己，才能成为最好的父母！但愿你我都能懂得，然后与孩子一起成长并相互滋养！

静心养性

　　昨晚上刷抖音时看到了一段视频，很多养生专家都说，如果一个人的情绪不好，那么，所有的养生都是徒劳的。据世界卫生组织研究表明：世界上 90％的疾病都与自身情绪息息相关。

　　凡是学过中医的人都应该知道，《黄帝内经》有云："怒伤肝，悲伤心，忧伤肺，思伤脾，恐伤肾。"所以说，坏情绪是一切疾病的根源啊！凡是看过《红楼梦》的人都知道，林黛玉虽身住贾府、衣食无忧，但总是悲天悯人，遇事总往坏处想，最终泪尽而亡。

　　其实，生活中这样的案例比比皆是：男子与邻居发生争吵，却把自己气出了心梗；妈妈陪孩子写作业，时不时地生气，最终诱发了心梗。要知道，悲伤、郁闷、生气等各种负面情绪，就像一颗定时炸弹一样，随时可以炸毁人的身体。

　　我们必须明白，心燥容易上火，而心不静则毒生。如果心情不好，一切养生皆是徒劳。百病丛生的根源就在于心神烦乱，一个人的心一旦安静了，再有一个良好的心态，那么，自然就会身康体健。

慧眼独具

前几天去一家出版社洽谈一下出书的事情，正赶上有位心理学家正在这家出版社做实验，让每位编辑策划出一个最具有影响力的选题。此时，正在攻读第二学位的一个编辑，他的选题是：怎样写毕业论文；而另一个准备把孩子送到幼儿园的编辑的选题是：学龄前儿童教育丛书……

从这个实验中我们不难看出，每个人都是站在自己的立场上去考虑别人需要什么。大千世界，芸芸众生，每个人又都有自己独特的属性。可是，许多人却看不到这种差异，总是习惯将自己的好恶、审美以及价值观等投射到他人身上。如果符合特性的投射，他们就认为是好的，反之就觉得不行。

不知大家还记不记得，我国著名音乐家、美术教育家、书法家、戏剧活动家李叔同，从荣华富贵到剃度清修，在很多世人的眼里，他这个决定都是不明智的，甚至是错误的。殊不知，这种宁静安然正是他所需要的自足状态啊！

也许，人们都认为《红楼梦》里的贾元春是最有福气的，可她却说，她并不喜欢享受宫廷生活。在她眼里，生在小门小户人家，整日骨肉团聚，全家一起包包饺子最幸福！因此说，别人的幸福你不懂，别人的苦衷你也未必懂啊！

克己慎独，明善诚身

2021 年 9 月 18 日

有一位与我相识多年的老兄，昨晚上与我在一起聊天时跟我谈起了《周易》中所说的一句话："鼎，君子以正位凝命。"所谓正位凝命，就是指摆正位置，凝聚力量，以完成自身使命。

大家应该对"止"这个汉字十分熟悉，如果要在"止"的上面加上一横的话，那就是一个"正"字了。然而，我们无论在什么时候可千万别小看了这一横啊！因为这一横不仅是良心、是底线，更是生而为人永远都不能突破的良知。

记得春秋时期，鲁国的相国公休最喜欢吃鱼。于是，便有很多人争着抢着给他送鱼，但是，他却从来都不接受。有人便不解地问他："你这么喜欢吃鱼，为什么不接受呢？"公休回答说："正因为我喜欢吃鱼，所以我才不能收鱼，如果收鱼了就要替送我鱼的人办事，如果给人家办了不该办的事，那么，有朝一日就会被革职查办的。到时候进了监狱别说是吃鱼了，恐怕连鱼骨头鱼刺都吃不到了啊！"

古人说：心正则廉，身正则直，行正则威。这就是说，一个人如果内心纯正，没有妄念和贪婪，那么，就一定能够公正廉洁，坦坦荡荡，无论在任何时候，都能够守住内心的准则；一个人如果没有了底线，那么，就什么事都会做得出来的。

明代著名思想家、文学家、哲学家和军事家王阳明先生说过："人人皆可为圣。"然而，因为欲望的遮蔽，有的人慢慢地就把良知丢掉了。于是，才会做了很多错事而遗憾终身。人啊！一辈子再多的财物都是带不走的啊！为什么对身外之物就不能看淡一点呢？良田千顷，也不过一日三餐；广厦万间，只睡卧榻七尺。粗茶淡饭，内心安宁，就是最大的财富啊！

在我看来，一个人只要对生活抱有希望和热情，并且朝气蓬勃地活着就是"上"；在时局的变化中，能够知进退，能舍得，就是"止"；无论何时何地，都不曾动摇自己的底线，活得问心无愧、光明磊落就是"正"。如此，你的人生就一定会灿烂辉煌、幸福满满！

闻过则喜

2021 年 9 月 20 日

昨天晚上，有位老兄说的一句话我十分赞同。他说："如果一个人永远不犯错误那便是神的标准，而尽量少犯错误那才是人的目标，但是，犯了错误能及时改正的则是真正的智者。"

其实，是人都会犯错误，而人与人之间最大的差距不在于是否犯错（因为是人都会犯错的），而是犯错后是否能及时改正。越是怨天尤人的人，越会在过失中迷失；而经常自省的人才能在反思中不断前进。

大家应该都知道，作家麦家曾凭《暗算》一书在文坛上一举成名。随后，他创作的《解密》《风声》等小说也颇受读者的欢迎。然而，书迷的追捧和出版社的约稿却让他有些飘飘然起来，使他逐渐地失去了当初的坚守和初心。2011 年，麦家仅用了三个月的时间便完成了 30 万字的小说《刀尖》。这部匆匆写就的小说出版后，却招来了众多读者的质疑和批评。

这时的麦家，开始醒悟了过来，自己创作中的这种敷衍其实是对读者的不负责啊！于是，他把自己关在屋里，花了很长的时间来检讨自己，并在《开讲啦》中公开向读者道歉。

抚心自问

2021 年 9 月 22 日

麦家在经过反省之后，诚恳地向读者道歉说："当初我怎么那么愚蠢，简直是个谜，但其实谜底就在我心里。当初我被很多人追捧时，我放弃了对自己的一种要求。我想为自己的反省举行一个仪式，想请你们当我的证人，我错了！"

我真的为作家麦家勇于为自己的过错公开向读者道歉的这种精神鼓掌！在现实生活中，又有多少人犯了错误能公开道歉或认错呢？说实话，经过这次深刻的反思之后，麦家逐渐找回了成名前写作的节奏，继续潜心创作，终于在 2019 年 4 月，他携新书《人生海海》回归。这部打磨了 8 年之久的长篇小说堪称经典佳作，不仅年畅销量达一百万册，而且斩获了诸多奖项。

说到这里，我还十分赞同老兄说的另外一句话："凡是不懂反省的人，只会从生活的这个坑掉进另外一个坑。"凡是空有经历，而无经验的人，一生必将在原地踏步；而遇事多反省，就能在失败中吸取教训，然后化劣势为优势。

其实，真正聪明的人都应该懂得，在面对自己犯了错误的时候，唯有拥有刮骨疗毒的勇气，才能收获生活的惊喜！

知己之遇

2021 年 9 月 26 日

关于人生中的好友、朋友、战友、同学、知己这个话题，我曾经以日记的方式写过一次。按说，同样的话题重复再说总觉得没什么意义，但不久前我们四位同学小聚后让我感触颇深，又不得不让我旧话重提。

大家应该都有同感，我们在年轻的时候总喜欢给朋友圈做加法，乐意认识更多不同的人。而现在，我们已到了中年的时候再回头看看，能留在生命中的也就那么几个。原来二十出头刚工作的时候，曾经三更半夜一起相约外出喝酒吃夜宵的人，后来能相约相聚的少之又少啊！

这个时候好像才感觉到，那些不在同一个频率上的人，终究会走散在人群中、走失在岁月里；只有频率相同的人，才能相处不累、久处不厌、相伴永远。

我很认同三毛说的一句话："知音能够有一两个已经很好了，实在不必太多。朋友之乐，贵在那份踏实的信赖。"如今我们已经步入中年，身边依旧有许多朋友环绕固然是一件值得庆幸的事，但更重要的是有三两个与你同频的同学、朋友，他们懂得你的欲言又止，更知道你的弦外之音，和这种同学好友在一起，你的灵魂会永远得到放松啊！

细节决定成败

昨天晚上看书时，无意中看到了这样一个情节：有人曾经问过著名作家狄更斯这样一个问题："如何成为像你这样的写作天才？"而狄更斯的回答则是："天才，注重细节。"是啊！有时候，一个不经意的小细节很可能会改变一个人的一生啊！

相信很多人见过福特车，也开过福特车，但你们知道福特车的起因和来历吗？享有"汽车大王"之美誉的亨利·福特，当时他大学刚毕业时去一家公司应聘，自己就感觉应聘成功的几率微乎其微，因为和他一起来面试的人当中，无论是学识、阅历，还是形象比他好的人大有人在。当他迟疑了一会儿，最后硬着头皮敲门走进面试办公室的时候，竟然发现门口有一张纸，出于习惯，他很自然地弯腰把它捡了起来。仔细看了看竟然是一张废纸，于是，他就顺手把它丢到了垃圾桶里。

就是他这个不经意的举动，却让面试官看在了眼里；就是这一个不起眼的细节，让他打败了众多的应聘者得到了这份工作。事实上，其他来面试的人并不是没有看到门口的那张纸，而是在他们看来，这样细小的事情根本没有必要去理会。然而，也正是因为这样，他们才失去了机会。

天下大事，必作于细

2021 年 9 月 30 日

《三国志》中说："勿以恶小而为之，勿以善小而不为。"这句话的意思是说，不要因为是件很小的坏事就去做，也不要因为是件很小的善事就毫不关心。因为任何一件小事、任何一个细节，都有可能让事情的结果发生翻天覆地的变化。就像戴维·帕卡德说的那样："小事成就大事，细节成就完美。"其实，成功就是由一件又一件不起眼的小事、一个又一个微不足道的细节积累而成的啊！

作家、哲学家周国平先生说过，凡做大事的人，往往做小事也认真；而做小事不认真的人，往往也做不成大事。这句话说的真好！不是吗？细节决定成败，态度决定高度啊！

黜邪崇正

2021 年 10 月 8 日

昨天是国庆小长假的最后一天，所以晚上有几个友人相邀小聚。这本是一件很开心的事情，没想到有位朋友言语偏激地去指责抱怨一位老兄，最后搞得不欢而散。

古人云：以责人之心责己，以恕己之心恕人。这句话的意思是说，人在遇到事情时，如果只懂得责备他人，不想着从自己身上找原因，只能让事情更加恶化。比如说，自己没有考上理想的大学，便将这一切归咎于高考时发挥失常，全然不去说在高中三年时自己没有用心学习；自己工作多年没有升职加薪时，便将这一切归咎于领导太苛刻，全然忘了自己上班时不积极努力认真地工作……

其实，在生活中，很多时候绊倒我们的并不是生活，而是我们对待生活的态度。人生的路该走向何方，都是由自己一次次的选择所决定的。唯有不抱怨、不责备别人，把自己的怨气收起来，把心态调整好，让内心住进阳光，才是提高自己幸福感的最佳途径！

断鳌立极

2021 年 10 月 15 日

记得还是在上中学的时候，我的语文老师要求我们要好好学习"哥伦布思维"，这对将来的学习和工作是大有好处的。事实的确如此。

众所周知，哥伦布是大航海时代最伟大的发现者之一。当他从美洲大陆回到西班牙，受到全体国民追捧的时候，有不少贵族阶层的人对他的成功不以为然。在一次王室举办的宴会上，有人指着一枚煮熟了的鸡蛋当场向他发难："你能让这枚鸡蛋立起来吗？"场面一度非常尴尬。在大家看来，让椭圆形的鸡蛋立起来根本就是一件不可能的事情。这正如当初他们不相信哥伦布会发现新大陆一样。可此时，哥伦布却不慌不忙地接过那人递过来的鸡蛋，二话不说猛地往桌上一磕，鸡蛋便稳稳当当地立在了桌面上。

不破不立，敢想敢干，这正是哥伦布思维最可贵之处。常言道：不见海不知海阔，不下海不知海深，任何事情只要敢想，总会是有方法的啊！这就也许是老师当初要求我们学习"哥伦布思维"的初衷吧！

跋

微言大义，中国传统哲学的当代话

　　陈书鸿在繁忙的工作之余，将生活经验和社会哲思融于一炉，从身体和生活中生长的"吉光片羽"散落在这本《哲思凡语》中。这是作者陈书鸿对人生的凝练表达，更是他在生活中所见所感的终极凝结。古人著书之义强调"意"胜于"言"，"言"胜于"笔"，微言大义正是这本书的显著特点，陈书鸿用这些思想碎片拼凑出一幅人生智慧画卷，极富启迪，与人教益。

　　书中的篇目短小精悍，从具体的小事和人物切入，逐渐开始剖析人性，进而呼吁人性中的真善美。《窄可思纰》《与人为善》《腹有诗书气自华》等篇目闪烁着作者对于生活的洞悉。作者通过这些篇目呼吁人们放慢脚步，去品味慢节奏的美好，体味人生的乐趣。这些内容在快节奏的社会具有强烈的警示意义。阎连科曾在《炸裂志》描述过一个村庄何以在几十年间从一个村变成镇，从镇变成市，从市变成超级大都市。他在激进的叙述中加入虚构的魔幻寓言，让整个过程充满了张力和色彩。

《炸裂志》是一个隐喻，每一个城市都能找到其中的影子，拿郑州来说，郑州市区面积近70年扩大75倍，近10年扩大70%，这一代人正是在经济狂飙突进的背景下被迫成长、发芽和开花。在如此快节奏的当代社会中，似乎"慢"已经被人们唾弃，实际上人生的美好正是在"慢"中显示出其审美意义。

　　钱穆曾在《中国历史精神》中写道："中国民族经过千辛万苦，绵历四五千年的历史生命，直到现在，始终存在着，就是依靠一种道德精神。世界上任何一民族，没有能像中国这样大，这样久，这因中国往往在最艰苦的时候，能发挥它的道德精神来挽救危机，这应即是我们的宗教。中国以往的文化精神正在此，以后的光明前途也在此。"陈书鸿的这本《哲思凡语》尽是微言，却饱含大义。作者用道德标尺审视社会上发生的事件，赋予其道德的意义，从道德的角度评判事情是否符合"曲直"，进而弘扬优秀的道德文化。汉代王充在《论衡·说日篇》说道："二论各有所见，故是非曲直未有所定。"什么是曲直？曲直就是公道，就是善恶是非在人心。《哲思凡语》中有很多篇目是经一条新闻而引发作者的思考，比如《孝德》这篇，作者因看到一段不符合道德标尺的视频而引出孔子所说的"人不独亲其亲，不独子其子，使老有所终，壮有所用，幼有所长，矜、寡、孤、独、废疾者皆有所养"以及孟子所说的"老吾老以及人之老，幼吾幼以及人之幼"，重申尊老爱幼在当代的重要意义。这是作为知识分子的陈书鸿内心的真正期盼，也是其社会责任心的具体体现。

　　在中国的历史中，"士"是一个非常特殊的群体，它由热心公共事业，具有一定文化修养的人士组成。中国文学创作很大一支脉络来源于这个群体，时至今日，我们也可以称之为"公务员写作"。这个群体在中国文学中，无论是古代、近代还是当代都占据着重要地位。作者陈书鸿大学毕业之后便进入体制，在公务之余，将热切的目光投向社会事件，结合自己的人生经历将感悟放诸笔端，本身符合中国传统所说的"立德，立功，立言"，也是中国"士"传统的延续。

《哲思凡语》几百篇精短的文字是思想的碎片，同时也是从生活的渊薮中打捞出的人生格言，它是一个拥有人文理想的人献给社会的礼物，值得读者反复揣摩。

著名小说家，郑州市作家协会副主席 魏清海

2022 年 5 月

后记

我自觉定位自己为一介书生，既非自命清高，亦不善趋炎附势，只喜欢读书习文，来丰富自己的业余生活，并调味于友人间推杯换盏。

自上高中开始到读大学期间，喜欢上写作探趣，信马由缰地挥洒。小说、散文和诗歌等体裁不限；学习、工作、轶闻趣事等题材广泛。大学毕业参加工作后，因工作缘故，写起了报告文学、人物通讯，当然，新闻稿件自是"责任田"。从1990年开始又写起了杂文，作品散见于《人事新闻报》《河南日报》《郑州晚报》等国家、省、市级报纸，其中《共青团员兄弟们……》《也说"睁眼看社会"》，分别获得河南日报报业集团举办的"团旗下的青春岁月"征文二等奖和河南人民广播电视台举办的"颖水杯"杂文征文二等奖。

近年来，因忙于工作，很少动笔写文章，直到2020年春节疫情期间，只能待在家里不能到单位上班，我学传统文化的伴侣便督促我要我每天写点感悟什么的，于是写作的想法又"死灰复燃"，我重新拿起笔来，写写感想、散文、诗歌之类。之后，又有了诸多所感所思所悟，便每天写上几百字的随笔、随感、随思、随想……一开始是想着写日记，但写着写着又发觉不是写日记，一直写到半年之后，很多朋友读了我这些"闲言碎语"，纷纷建议结集出版，尤其是信阳市公安局刑警支队原政委夏明华同志、信阳市民政局原副局长张培超同志和河南省地矿局原办公室主任徐友灵（我高中同学）同志等领导、朋友、同学、同人多次催促我一定快一些结集出版。徐友灵还特别为我的短文结集出版起了书名——《哲思凡语》。书名释意：所谓哲思，就是指精深敏捷的思考，所写短文，不仅有哲理，而且文雅中又透出哲思，参悟人生；所谓凡语，就是源于生活的碎碎念，像我们凡人说的这些平凡的话也很励志。我顿悟，甚好！于是，我便想到隐在城市的水泥丛中，易触的心怎样变得坚强；人生的得失，有时候不能去比较，而是只能去承受；要常怀一颗感恩的心，永远要有一颗善良、孝顺、待人真诚的心。出版《哲思凡语》一书，我所想到的不仅是对生活的一种怀念，更是对爱心和善良的推崇。

　　本书得以付梓，感谢郑州大学出版社，感谢郑州市作家协会副主席魏清海先生和牛冲老师在出版方面给予的帮助；感谢我小学、初中语文老师陈介东先生；感谢李政刚、吴高歌、李开鸿三位文友对我的鼎力支持；感谢我的爱人杨冬玲女士在写作方面给予我的鼓励和鞭策；特别是河南省作家协会副主席、河南省诗歌学会会长张鲜明和信阳市总工会原主席陈民先生拨冗作序，为本书增色添彩！感谢信阳市教育体育局、信阳市教育电视台领导和全体同仁的大力支持，在此表示衷心的感谢！

　　虽无"涓涓细流，善利万物而不争"之志，唯愿此书琐碎，能为友人茶余穷聊助兴，抛砖引玉，哲思共鸣，益寿延年便足以安慰之。

　　诚谢不弃！

陈书鸿

2022 年 5 月